AF311491

QUESTIONS

SUR LES

MIRACLES;

A M. CLAPAREDE, Professeur de Théologie à Genève,

PAR UN PROPOSANT:

OU

EXTRAIT de diverses Lettres de M. de VOLTAIRE, avec des Réponses par M. NÉEDHAM, de la Société Royale des Sciences, & de celle des Antiquaires à Londres, & Correspondant de l'Académie Royale des Sciences à Paris.

A LONDRES,

Et se trouve A PARIS;

Chez CRAPART, Libraire, rue de Vaugirard.

M. DCC. LXIX.

AVIS

AU LECTEUR.

L'On a jugé à propos de ne donner que les Extraits de certaines Lettres choifies dans le nombre de vingt écrites fur le même fujet dans l'année 1765 , pendant la demeure de M. Néedham à Genève. Ces Extraits font néceffaires pour l'intelligence de fes réponfes : le refte n'eft qu'un tiffu des lieux communs ou des impertinences folles & dégoûtantes , lefquelles M. Néedham n'a pas cru devoir préfenter au Lecteur. En effet, comment ré-pondre à des injures, des ordures

des bouffonneries & des blafphêmes,
finon par le mépris & le filence?

For want of decency is want of fenfe.

P'O P E.

QUESTIONS

SUR LES

MIRACLES.

EXTRAIT

DE LA DEUXIEME LETTRE.

Comment les Philosophes peuvent admettre les Miracles.

Hobbes, Colins, Mylord Bolingbroke demandent d'abord s'il est vraisemblable que Dieu dérange le plan de l'univers ; si l Etre éternel en faisant ces loix ne les a pas faites éternelles ; si l'Etre immuable ne l'est pas dans ses ouvrages ; s'il est vraisemblable que l'Etre infini ait des vues particulieres, & qu'ayant soumis toute la Nature à une règle universelle,

A iij

il la viole pour un feul canton dans ce petit globe?

Si tout étant vifiblement enchaîné, un feul chaînon de la chaîne univerfelle peut fe déranger fans que la conftitution de l'univers en fouffre. Si, par exemple, la terre s'étant arrêtée pendant neuf à dix heures dans fa courfe, & la lune dans la fienne, pour favorifer la défaite de quelquescentaines d'Amorrhéens, il n'étoit pas abfolument néceffaire que tout le refte du monde planétaire fût bouleverfé.

Il eft évident que la terre & la lune s'arrêtant dans leur cours, l'heure des marées a dû changer. Les points de ces deux planettes dirigés vers les points correfpondants des autres aftres, ont dû avoir une nouvelle direction ; ou toutes les autres planettes ont dû s'arrêter auffi. Le mouvement de projectile & de gravitation ayant été fufpendu dans toutes les planettes, il faut que les comètes s'en foyent reffenties ; le tout pour tuer quelques malheureux déja écrafés par une pluie de pierres ; tandis qu'il paroiffoit plus digne de la fageffe éternelle d'éclairer & de rendre heureux tous les hommes fans miracle, que d'en faire un fi grand dans la feule vue de donner à Josué plus de temps pour massacrer quelques fuyards assommés.

C'est bien pis quand il s'agit de l'étoile nouvelle qui parut dans les cieux, & qui conduisit les Mages d'Orient en Occident. Cette étoile ne pouvoit être moindre que notre soleil qui surpasse la terre un million de fois en grosseur. Cette masse énorme ajoutée à l'étendue, devoit déranger le monde entier composé de ces soleils innombrables appellés étoiles, qui probablement sont entourées de planettes. Mais que dut-il arriver, quand elle marcha dans l'espace malgré la loi qui retient toutes les étoiles fixes dans leur place ? Les effets d'une telle marche sont inconcevables.

Voilà donc non-seulement notre monde planétaire bouleversé, mais tous les mondes possibles aussi ; & pourquoi ? pour que dans ce petit tas de bouë, appellé la terre, les Papes s'emparassent enfin de Rome, que les Bénédictins fussent trop riches, qu'Anne du Bourg fût pendu à Paris, & Servet brûlé vif à Genève.

Il en est de même de plusieurs autres miracles. La multiplication de trois poissons & de cinq pains nourrissent abondamment cinq mille perſonnes. Que chacun ait mangé la valeur de trois livres , cela compoſe la valeur de quinze mille livres de matière, tirées du néant , & ajoutées à la maſſe commune. Ce ſont-là je crois, les plus fortes objections.

C'eſt à vous , Monſieur , de réſoudre par une ſaine philoſophie , ſans contradiction & ſans verbiage, ces difficultés philoſophiques , & de montrer qu'il eſt égal à Dieu que les loix éternelles ſoyent continuées ou ſuſpendues , que les Amorrhéens périſſent ou ſe ſauvent , & que cinq mille hommes jeûnent ou repaiſſent. Dieu a pu parmi les mondes innombrables qu'il a formés choiſir cette planette , quoiqu'une des plus petites , pour y déranger ſes loix ; & ſi on prouve qu'il l'a fait , nous triomphons de la vaine philoſophie. Votre Théologie & votre ſcience ſeront encore moins embarraſſées à mettre dans un jour lumineux l'authenticité de tous les miracles de l'ancien & du nouveau Teſtament.

Ces objections, qu'il ne faut pas diſſimuler , ont paru ſi ſpécieuſes, qu'on y répond encore tous les jours. Mais toujours répondre , eſt une preuve qu'on a mal répondu : car ſi on avoit terraſſé ſon ennemi du premier coup, on n'y reviendroit pas à tant de fois.

. . . .

Le cœur me ſaigne , quand je vois des hommes remplis de ſcience , de bon ſens & de probité rejetter nos miracles, & dire qu'on peut remplir tous ſes devoirs ſans croire que Jonas ait vécu trois jours & trois nuits dans le ventre d'une baleine , lorſqu'il alloit par mer à Ninive qui eſt au milieu des terres. Cette mauvaiſe plaiſanterie n'eſt pas digne de leur eſprit, qui d'ailleurs mérite d'être éclairé. J'ai honte de vous en parler ; mais elle me fut répétée hier dans une ſi grande aſſemblée,que je ne peux m'empêcher de vous ſupplier d'émouſſer la pointe de ces diſcours frivoles par la force de vos raiſons. Prêchez contre l'incrédulité , comme vous avez prêché contre le loup qui ravage mon cher pays du Gévaudan , dont je ſuis natif : vous aurez le même ſuccès, & tous nos citoyens , bourgeois , & habitans,vous béniront , &c.

TROISIEME LETTRE
DU PROPOSANT

A Monsieur le Professeur en Théologie.

MONSIEUR,

JE vous prie de venir à mon secours contre un grand Seigneur Allemand qui a beaucoup-d'esprit, de science & de vertu, & qui malheureusement n'est pas encore persuadé de la vérité des miracles opérés par notre divin Sauveur. Il me demandoit hier pourquoi Jésus auroit fait ces miracles en Galilée ? Je lui dis que c'étoit pour établir notre sainte Religion à Genève, dans la moitié de la Suisse & chez les Hollandois.

Pourquoi donc, dit-il, les Hollandois ne-furent-ils Chrétiens qu'au bout de huit cents années ? pourquoi donc n'a-t-il pas enseigné lui-même cette Religion ? Elle consiste à croire le péché originel, & Jésus n'a pas fait la moindre mention du péché originel : à croire que Dieu a été homme, & Jésus n'a jamais dit qu'il étoit Dieu & homme tout ensemble :

à croire que Jéfus avoit deux natures, & il n'a jamais dit qu'il eût deux natures : à croire qu'il eft né d'une Vierge, & il n'a jamais dit lui-même qu'il fût né d'une Vierge ; au contraire, il appelle fa mere *femme* ; il lui dit durement, *femme, qu'y a-t-il entre vous & moi ?* à croire que Dieu eft né de David ; & il fe trouve qu'il n'eft point né de David : à croire fa généalogie, & on lui en a fait deux qui fe contredifent abfolument.

Cette Religion confifte encore dans certains rites, dont il n'a jamais dit un feul mot. Il eft clair par vos Evangiles que Jéfus naquit Juif, vécut Juif, mourut Juif ; & je fuis fort étonné que vous ne foyez pas Juif. Il accomplit tous les préceptes de la loi Juive ; pourquoi les réprouvez-vous ?

On lui fait dire même dans un Evangile : *Je ne fuis pas venu détruire la loi, mais l'accomplir.* Or eft-ce accomplir la Loi Mofaïque que d'en avoir tous les rites en horreur ? Vous n'êtes point circoncis, vous mangez du porc, du lièvre & du boudin. En quel endroit de l'Evangile Jéfus vous a-t-il permis d'en manger ? Vous faites & vous croyez tout ce qui n'eft pas dans l'Evangile. Comment donc pou-

vez-vous dire qu'il est votre règle ? Les Apôtres
de Jésus observoient la loi Juive comme lui.
*Pierre & Jean montèrent au Temple à l'heure
neuvième de l'oraison* , (Actes des Apôtres,
ch. 16.) Paul alla long-temps après judaïser
dans le Temple pendant huit jours, selon le
conseil de Jacques. Il dit à Festus , je suis
Pharisien. Aucun Apôtre n'a dit : *Renoncez à
la Loi de Moïse*. Pourquoi donc les Chrétiens
y ont-ils entierement renoncé dans la suite
des temps ?

Je lui répondis avec cette modération qui
sied si bien à la vérité , & avec la modestie
convenable à ma médiocrité. Si Dieu n'a rien
écrit , & si dans les Evangiles Dieu n'a point
enseigné expressément la Religion Chrétienne ,
telle que nous l'observons aujourd'hui , ses
Apôtres y ont suppléé : s'ils n'ont pas tout dit ,
les Pères de l'Eglise ont annoncé ce que les
Apôtres avoient préparé : enfin , les Conciles
nous ont appris ce que les Apôtres & les Pères
avoient cru ne devoir pas dire. Ce sont les
Conciles,par exemple,qui nous ont enseigné la
consubstantiabilité , les deux natures dans une
seule personne , & une seule personne avec
deux volontés. Ils nous ont appris que la pa-

ternité n'appartient pas au Fils ; mais qu'il a la
vertu productive ; & que l'Esprit ne l'a pas ;
parce que le S. Esprit procéde, & n'est pas
engendré : & bien d'autres mystères encore sur
lesquels Jésus, les Apôtres, les Pères avoient
gardé le silence : il faut que le jour vienne
après l'aurore.

Laissez - là votre aurore, me répondit-il,
une comparaison n'est pas une raison. Je suis
trop entouré de ténébres. Je conviens que les
objets principaux de votre foi, ont été déterminés dans des Conciles ; mais aussi d'autres
Conciles non moins nombreux, ont admis une
doctrine toute contraire. Il y a eu autant de
Conciles en faveur d'Arius & d'Eusèbe, qu'en
faveur d'Athanase.

Comment Dieu seroit-il venu mourir sur
la terre par le plus grand & le plus infâme des
supplices, pour ne pas annoncer lui - même sa
volonté, pour laisser ce soin à des Conciles qui
ne s'assembleroient qu'après plusieurs siècles,
qui se contrediroient, qui s'anamatiseroient
les uns les autres, & qui feroient verser le
sang par des soldats & par des bourreaux?

Quoi ! Dieu vient sur la terre, il y naît
d'une Vierge, il y habite trente-trois ans, il

périt du supplice des Esclaves , pour nous en-
seigner une nouvelle Religion ? Et il ne nous
l'enseigne pas ! il ne nous apprend aucun de
ses dogmes ! il ne nous commande aucun rite !
tout se fait , tout s'établit , se détruit , se renouvelle avec le temps à Nicée, à Calcédoine ,
à Éphèse , à Antioche , à Constantinople , au
milieu des intrigues les plus tumultueuses , &
des haines les plus implacables ! Ce n'est enfin
que les armes à la main qu'on soutient le pour
& le contre de tous ces dogmes nouveaux.

Dieu , quand il étoit sur la terre , a fait la
Pâque en mangeant un Agneau cuit dans des
laitues ; & la moitié de l'Europe depuis plus
de huit siècles croit faire la Pâque en mangeant Jésus-Christ lui-même en chair & en os.
Et la dispute sur cette façon de faire la Pâque , a fait couler plus de sang que les querelles des Maisons d'Autriche & de France ,
des Guelfes & des Gibelins , de la Rose blan-
che & de la Rose rouge, n'en ont jamais répandu. Si les campagnes ont été couvertes de cadavres pendant ces guerres , les Villes ont été
hérissées d'échafauds pendant la paix. Il semble
que les Pharisiens , en assassinant le Dieu des
Chrétiens sur la Croix , ayent appris à ses sui-

vants à s'affaſſiner les uns les autres ſous le glaive, ſur la potence, ſur la roue, dans la flâmes. Perſécutés & perſécuteurs, martyrs & bourreaux tour à tour, également imbécilles, également furieux, ils tuent & ils meurent pour des arguments dont les Prélats ſe moquent en recueillant les dépouilles des morts & l'argent comptant des vivants.

Je vis que ce Seigneur s'échauffoit ; je lui répondis humblement ce que j'ai déja ſoumis à vos lumières dans ma ſeconde Lettre, qu'il ne faut pas prendre l'abus pour la loi. Jéſus-Chriſt, lui dis-je, n'a commandé ni le meurtre de Jean Hus, ni celui d'Anne du Bourg, ni celui de Servet, ni celui de Jean Calas, ni les guerres civiles, ni la Saint Barthelemy.

Je vous avouerai, Monſieur, qu'il ne fut point du tout content de cette réponſe. Ce ſeroit, me dit-il, inſulter à ma raiſon, & à mon malheur de vouloir me perſuader qu'un tigre, qui auroit dévoré tous mes parens, ne les auroit mangés que par abus, & non par la cruauté attachée à ſa nature. Si la Religion Chrétienne n'avoit fait périr qu'un petit nombre de Citoyens, vous pourriez imputer ce crime à des cauſes étrangères.

Mais que pendant quatorze à quinze fiè=
cles entiers, chaque année ait été marquée
par des meurtres, fans compter les troubles
affreux des familles, les cachots, les drago-
nades, les pérfécutions de toute efpèce, pires
peut-être que le meurtre même ; que ces horreurs ayent toujours été commifes au nom de
la Religion Chrétienne, qu'il n'y ait d'exemple de cés abominations que chez elle feule ; alors quel autre qu'elle-même pouvons-
nous en accufer ? Tous ces affaffinats, de tant
d'efpèces différentes, n'ont eu qu'elle pour
fujet, & pour objet ; elle en a donc été la
caufe. Si elle n'avoit pas exifté, ces horreurs
n'auroient pas fouillé la terre. Les dogmes
ont amené les difputes, les difputes ont produit les factions, ces factions ont fait naître
tous les crimes. Et vous ofez dire que Dieu
eft le pere d'une barbare engraiffée de nos
biens & teinte de notre fang, tandis qu'il lui
étoit fi aifé de nous en donner une auffi douce
que vraie, auffi indulgente que claire, auffi
bienfaifante que démontrée !

Vous ne fçauriez croire quel enthoufiafme
d'humanité & de zèle échauffoit les difcours
de ce bon Seigneur. Il m'attendrit ; mais il

ne

ne m'ébranla point : je lui dis que nos paſſions,
dont nous avons reçu le germe des mains de
la Nature, & que nous pouvons régler, ont
fait autant de mal qu'il en reprochoit au Chriſtianiſme. Ah ! dit-il, (les yeux mouillés de
larmes) nos paſſions ne ſont point divines ;
mais vous prétendez que le Chriſtianiſme eſt
divin. Etoit-ce à lui d'être plus inſenſé & plus
barbare que nos paſſions les plus funeſtes ?

Je fus ému de ces paroles. Hélas ! dis-je,
nous avons tout fait ſervir à notre perte, juſ-
qu'à la Religion même ! mais ce n'eſt pas la
faute de ſa morale, qui n'inſpire que la douceur & la patience ; qui n'enſeigne qu'à ſouf-
frir, & non à perſécuter.

Non, reprit-il, ce n'eſt pas la faute de ſa
morale. C'eſt celle du dogme ; c'eſt ce dogme
qui *diviſe en effet la femme & l'époux, le fils
& le père, qui apporte le glaive & non la paix.*
Voilà la ſource malheureuſe de tant de maux.
Socrate, Epitecte, l'Empereur Antonin, ont
enſeigné une morale pure contre laquelle nul
mortel ne s'eſt jamais élevé ; mais ſi, non con-
tents de dire aux hommes, ſoyez juſtes &
réſignés à la Providence, ils avoient ajouté,
croyez qu'Epictete procède d'Antonin, ou bien

qu'il procède d'Antonin , & de Socrate :
croyez-le , ou vous périrez fur un échafaud,&
vous ferez éternellement brûlés dans l'enfer :
fi, dis-je , ces grands hommes avoient exigé une
telle croyauce , ils auroient mis les armes à la
main de tous les hommes , ils auroient perdu
le genre humain dont ils ont été les bienfaiteurs.

Par tout ce que me difoit ce *Seigneur* ref-
pectable , je vis que fon ame eft belle , qu'il
déteste la perfécution, qu'il aime les hommes , qu'il adore Dieu , & que fa feule erreur
eft de ne pas croire ce que Paul appelle la folie
de la croix de ne pas dire avec Auguftin , *je
le crois parce qu'il eft abfurde , je le crois
parce qu'il eft impoffible.* Je plaignois fon obf-
tination , & je refpectois fon caractère.

Il eft aifé de ramener au joug une ame criminelle & tremblante qui ne raifonne point :
mais il eft bien difficile de fubjuguer un homme vertueux qui a des lumières. J'effayai de
le dompter par fa vertu même. Vous êtes
jufte, vous êtes bienfaifant, lui dis-je, les
pauvres avec vous ceffent d'être pauvres ; vous
conciliez les querelles de vos voifins ; l'innocence opprimée trouve en vous un fûr appui.

Que n'exercez-vous le bien que vous faites
au nom de Jésus qui l'a ordonné ? Voici, Monsieur, ce qu'il me répondit : Je m'unis à Jésus s'il me dit , *aimez votre prochain* : car
alors il a dit ce que j'ai dans mon cœur ; il
m'a prévenu. Mais je ne sçaurois souffrir qu'un
Auteur attribue à Jésus un seul précepte qui se
trouve dans Moïse comme dans Confucius ,
& dans tous les Moralistes de l'antiquité. Je
m'indigne de voir qu'on fasse dire à Jésus , je
vous apporte un précepte nouveau , je vous
fais un commandement nou veau , (a) *c'est
que vous vous aimiez mutuellement.* Le Lévi-
tique avoit promulgué ce précepte deux mille
ans auparavant d'une manière bien plus énergique , quoique moins naturelle , (b) *tu aime-
ras ton prochain comme toi-même* ; & c'étoit
un des préceptes des Chaldéens. Cette faute
grossière & impardonnable dans un Auteur
Juif , fait soupçonner à beaucoup de Savans
que l'Evangile attribué à Jean, est d'un Chrétien Platonicien qui écrivit dans le commencement du second siècle de notre ère , & qui
connoissoit moins l'Ancien Testament que Pla-

____

(a) Jean ch. 13.

(b) Lévitiq. ch. 19.

ton, dans lequel il a pris presque tout le premier Chapitre.

Quoi qu'il en soit de cette fraude & de tant d'autres fraudes, j'adopte la saine morale par-tout où je la trouve : elle porte l'empreinte de Dieu même; car elle est uniforme dans tous les temps & dans tous les lieux. Qu'a-t-elle besoin d'être soutenue par des prestiges, & par une métaphysique incompréhensible ? En serai-je plus vertueux, quand je croirai que le Fils a la puissance d'engendrer, & que l'Esprit procède sans avoir cette puissance ? Ce galimatias théologique est-il bien utile aux hommes ? y a-t-il aujourd'hui un esprit sensé, qui pense que le Dieu de l'Univers nous demandera un jour si le Fils est de même nature que le Père, ou s'il est de semblable nature ? qu'ont de commun ces vaines subtilités avec nos devoirs ?

N'est-il pas évident que la vertu vient de Dieu, & que les dogmes viennent des hommes qui ont voulu dominer ? vous voulez être prédicant, prêchez la justice & rien de plus. Il nous faut des gens de bien, & non des Sophistes. On vous paye pour dire aux enfans : *Respectez, aimez vos pères & vos mères ; soyez*

*soumis aux loix ; ne faites jamais rien contre
votre conscience. Rendez votre femme heureuse ; ne vous privez pas d'elle sur de vains caprices : élevez vos enfans dans l'amour du
juste & de l'honnête ; aimez votre patrie. Ado-
rez un Dieu éternel & juste. Sçachez que,puis-
qu'il est juste , il récompensera la vertu,& punira le crime.*Voilà , continua-t-il, le symbole
de la raison & de la justice. En instruisant la
jeunesse de ces devoirs, vous ne serez pas à
la vérité décorés de titres & d'ornemens
fastueux , vous n'aurez pas un luxe méprisable & un pouvoir abhorré. Mais vous aurez
la considération convenable à votre état , &
vous serez regardés comme de bons citoyens ;
ce qui est le plus grand des avantages.

Je ne vous répete , Monsieur, qu'une très-
foible partie de tout ce que me dit ce bon
Seigneur. Je vous conjure de l'éclairer : il
mérite de l'être. Il est vertueux, il adore sin-
cèrement dans Dieu le Pere commun de tous
les hommes, un Père infiniment sage & infiniment tendre , qui ne préfere point le cadet à
l'aîné, qui ne prive point de son soleil le plus
grand nombre de ses enfans pour aveugler le
plus petit à force de lumieres , un Père infini-

ment jufte qui ne châtie que pour corriger ,
& qui récompenfe au-delà de notre efpoir &
de notre mérite. Ce bon Seigneur met dans le
gouvernement de fa maifon toutes ces maximes en pratique. Il femble qu'il imite le Dieu
qu'il adore ; vous lui donnerez tout ce qui lui
manque.

Il faut qu'il croye que Dieu eft né dans le
petit canton de la Judée, qu'il y a changé
l'eau en vin , qu'il s'eft transfiguré fur le Ta-
bor , qu'il a été tenté par le diable; qu'il a
envoyé une légion de diables dans un trou-
peau de cochons ; que l'âneffe de Balaam a
parlé, auffi-bien que le ferpent; que le foleil
s'eft arrêté à midi fur Gabaon , & la lune fur
Aïalon , pour donner le temps aux bons Juifs
de maffacrer une douzaine ou deux de pauvres innocens, qu'une pluie de groffes pierres
avoit déja affommés ; que dans l'Egypte où
il n'y avoit point de cavalerie, le Pharaon,
dont on ne dit pas le nom, pourfuivit trois
millions d'Hébreux avec une nombreufe cavalerie , après que l'Ange du Seigneur avoit
tué toutes les bêtes , &c. &c. &c. &c. &c. Il
faut que fa raifon foumife ait une foi vive

pour tous ces myſtères : ſans cela que lui ſer-
viroit ſa vertu ?

Je ſçais, Monſieur, que cette énumération
des miracles qu'on doit croire, peut effaroucher quelques ames pieuſes, & paroître ridicule aux incrédules ; mais je n'ai point craint
de les rapporter, parce que ce ſont ceux qui
exercent le plus notre foi. Dès qu'on croit un
miracle moins révoltant, on doit croire tous
les autres quand c'eſt le même Livre qui nous
les certifie.

Ayez la bonté, Monſieur, de m'apprendre ſi je ne vais pas trop loin. Il y a des gens
qui diſtinguent les miracles dont on eſt d'accord, ceux qu'on nie, ceux dont on eſt en doute.
Pour moi je les admets tous ainſi que vous-
même. Je crois ſur-tout avec vous le miracle
éternel de la conſubſtantiabilité, non-ſeule-
ment parce qu'il eſt contraire à ma raiſon,
mais parce que je ne peux m'en former aucune idée ; & j'oſe dire que j'admettrois (Dieu
me pardonne) le miracle de la tranſubſtan-
tiation, ſi le ſaint Concile de Nicée, & le mo-
déré ſaint Athanaſe l'avoient enſeigné.

J'ai l'honneur d'être, &c.

B iv

CINQUIEME LETTRE

DU PROPOSANT,

A MONSIEUR N.....

MONSIEUR,

VRAIMENT ! vous avez eu grand tort de vous déguiser sous le nom d'un Théologien ; & vous n'avez pas eu raison de faire l'Astronome. On voit bien que vous vous servez du quart de cercle comme du microscope. Vous vous étiez fait une petite réputation parmi les Athées pour avoir fait des anguilles avec de la farine ; & de-là vous aviez conclu que si de la farine produisoit des anguilles, tous les animaux, à commencer par l'homme, avoient pu naître à peu près de la même façon. La seule difficulté qui restoit, étoit de sçavoir comment il y avoit eu de la farine avant qu'il y eût des hommes.

Vous avez cru que vos anguilles ressembloient aux rats d'Egypte, qui étoient d'abord moitié rats & moitié fange, ainsi que quelques hommes qui se mêlent d'écrire & d'injurier leur prochain.

(25)

(*a*) D'Athée que vous étiez, vous êtes devenu témoin de miracles. Apparemment que vous avez voulu faire pénitence ; mais on voit, Monsieur, que vous n'êtes pas trop bon Chrétien, & que vous n'avez pas plus appris la Religion que la politesse.

Un pauvre Proposant fait humblement des questions à un grave Professeur, & vous, vous jettez à la traverse comme l'Avocat Breniquet qui répondoit toujours à ce qu'on ne lui demandoit pas. De quoi vous mêlez-vous ? Je demandois de nouvelles instructions à mon Maître pour affermir les Fidèles dans la croyan-

____

(*a*) Le Lecteur est prié de consulter les nouvelles Observations Microscopiques, imprimés chez Gareau, rue S. Severin, en 1750, & les nouvelles Recherches Physiques & Métaphysiques sur les Etres Microscopiques, sur la génération des Corps organisés, sur la Théorie de la terre, combinée avec la Cosmogonie de Moyse, & sur la Nature ; & la Religion en général, par M. Néedham, 1769, chez Lacombe, Libraire, rue Christine, pour voir s'il mérite l'imputation d'Athée, dont M. de Voltaire le décore. On se convaincra par-là facilement que notre malheureux Poëte, dont l'imagination depuis sa naissance dans le monde littéraire se déploye aux dépens de sa pauvre raison, ne se connoît pas mieux en Philosophie, qu'en Religion.

ce des miracles , & vous venez ébranler leur foi par les plus grandes abſurdités qu'on ait jamais dites !

On prétend pourtant que vous êtes Anglois. Ah! Monſieur, vous êtes Anglois comme Arlequin eſt Italien. Il n'en eſt pas moins balourd. Je vous pardonne d'être un ignorant ; mais je ne vous pardonne pas d'être un homme très-groſſier qui a l'inſolence de mêler dans cette querelle & de nommer des gens qui ne devoient pas s'y attendre : vous avez cru peut-être que votre obſcurité vous mettroit à l'abri ; mais , croyez-moi , que le mépris auquel vous vous êtes attendu , ne vous donne pas trop de ſécurité.

EXTRAIT DE LA
SEIZIEME LETTRE
DU PROPOSANT.

MONSIEUR,

. . . .

Nous nous mîmes à table après avoir baisé la robe de Madame la Comtesse, selon l'usage. M. Néedham parla beaucoup de vous ; il fit votre éloge ; car si la diversité de vos Religions vous divise, la conformité de vos mérites vous réunit. Vous sçavez qu'à diner la conversation change toujours d'objets ; on parla de Mademoiselle Clairon, de la Loterie, de la Compagnie des Indes de France, des Anglois, & de l'Amérique. M. le Comte daigna nous lire une grande lettre qu'il avoit reçue de Boston : en voici le précis.

» Nous conclûmes dernierement la paix » avec la Nation des Savanois. Une des condi-

» tions étoit qu'ils nous rendroient de jeunes
» garçons Anglois & de jeunes filles qu'ils
» avoient pris il y a quelques années. Ces en-
» fans ne vouloient pas revenir auprès de
» nous. Ils ne pouvoient se détacher de leurs
» Chefs Savanois. Enfin le Chef des Tribus
» nous ramena hier ces captifs tous parés de
» belles plumes , & nous tint ce discours.

» Voici vos fils & vos filles que nous vous
» ramenons ; nous en avions fait les nôtres ,
» nous les adoptâmes dès que nous en fûmes
» les maîtres. Nous vous rendons votre chair
» & votre sang ; traitez-les avec la même
» tendresse que nous les avons traités ; ayez
» pour eux de l'indulgence , quand vous ver-
» rez qu'ils ont oublié parmi nous vos mœurs
» & vos usages. Puisse le grand Génie qui
» préside au monde nous accorder la conso-
» lation de les embrasser quand nous vien-
» drons sur vos terres , jouir de la paix qui
» nous rend tous freres , &c.

Cette Lettre nous attendrit tous. M. Néedham s'étonna que tant d'humanité pût animer le cœur des Sauvages. Pourquoi les ap-
pellez-vous sauvages , dit M. le Comte ? Ce

font des peuples libres qui vivent en fociété ;
qui pratiquent la juftice, qui adorent le grand
Efprit comme moi. Sont-ils fauvages parce
que leurs maifons, leurs habits, leur langage, leur cuifine, ne reffemblent pas aux
nôtres ?

Ah ! Monfeigneur, vous voyez bien qu'ils
font fauvages, puifqu'ils ne font pas Chrétiens, & qu'il eft impoffible qu'ils ayent
tenu un difcours fi chrétien fans un miracle. Je fuis perfuadé que ce Chef des Savanois
étoit quelque Jéfuite Irlandois déguifé, qui
leur a porté les lumieres de la Foi. La nature humaine elle feule n'eft pas capable de
tant de bonté fans le fecours d'un Miffion-
naire. Ou c'étoit un Jéfuite qui parloit ; ou
Dieu, par un miracle fpécial, a illuminé
tout-d'un-coup ces barbares. Comment pour-
roient-ils avoir de la vertu, puifqu'ils ne font
pas de ma Religion ?   .   .   .   .

.   .   .   .

Quand nous tuâmes tant d'hérétiques, ce
n'étoient ni nos enfans, ni nos femmes dont
nous verfions le fang ; nous n'avions pas en-

core atteint la précifion de la loi. Les mœurs
fe font bien corrompues depuis ces heureux
temps. On fe borne aujourd'hni à de petites
perfécutions qui en vérité ne valent pas la
peine qu'on en parle. Cependant les perfécutés de notre temps crient comme s'ils
étoient fur le gril de S. Laurent, où fur la
croix de S. André. Les mœurs dégénèrent,
la molleffe s'infinue, on s'en apperçoit tous
les jours. Je ne vois plus de ces perfécutions
vigoureufes, fi agréables au Seigneur; il n'y
a plus de Religion !

Des coquins fe bornent infolemment à
l'adoration d'un Dieu , auteur de tous les
êtres, Dieu unique, Dieu incommunicable,
Dieu jufte, Dieu rémunérateur & vengeur;
Dieu qui a imprimé dans nos cœurs la loi
naturelle & fainte , Dieu de Platon & de
Newton, Dieu d'Epictete & de ceux qui ont
protégé la famille de Calas contre huit Juges bons Catholiques. Ils adorent ce Dieu
avec amour, ils chériffent les hommes, ils
font bienfaifants, quelle abfurdité & quelle
horreur!

Cet impudent ofa me dire : Est-il probable que Moïfe eût ainfi fuppofé qu'il y avoit des Rois Ifraëlites de fon temps ? Il n'y en eut, à compter jufte, que fept cent ans après lui. N'eft-ce pas comme fi on faifoit dire à Polybe : *Voici les Confuls qui furent à la tête du Sénat, avant qu'il y eût des Empereurs Romains ?* N'eft-ce pas comme fi on faifoit dire à Grégoire de Tours : *Voici quels furent les Rois des Gaules, avant que la Maifon d'Autriche fût fur le Trône ?* Eh ! bête brûte, lui répondis-je, ne voyez-vous pas que c'eft une prophétie ; que c'eft-là le miracle, & que Moïfe a parlé des Rois d'Ifraël comme perçant dans l'avenir ? car enfin le nom d'Ifraël eft Chaldéen ; il ne fut adopté des Juifs que bien des fiécles après Moïfe ; donc Moïfe écrivit le Pentateuque ; donc tout ce qui n'étoit pas Juif a été damné jufqu'au regne de Tibère ; donc la rédemption ayant été univerfelle, toute la terre, excepté nous, eft damnée.

Il y avoit là un Anglois qui n'avoit encore

ni parlé, ni ri : il mesura d'un coup d'œil la figure du petit Néedham avec un air d'étonnement & de mépris, & mêlé d'un peü de colère, & lui dit en Anglois :

Do you come from bedlam, you booby.

RÉPONSE

RÉPONSE

D'UN THÉOLOGIEN

AU DOCTE PROPOSANT

Des Questions sur les Miracles.

MONSIEUR LE PROPOSANT DES AUTRES
QUESTIONS,

AVANT que de s'engager dans une dif-
cuffion, qui demande un certain degré de
fcience, on doit commencer par acquérir
les connoiffances néceffaires. Si un Philofophe m'objecte que les miracles ne font pas
vraifemblables, parce que, felon lui, l'U-
nivers fe gouverne comme une machine,
fans caufe premiere; je réponds que le vraifemblable n'eft pas toujours vrai, ni le vrai
toujours vraifemblable. Selon vous, la Morale, qui eft bien peu de chofe, doit être
affujettie à la Phyfique. Selon moi, la Phyfique
doit être affujettie à la Morale. Les miracles

C

ne font que des exceptions locales , dont Dieu
eſt toujours maître,qui ne dérangent pas le fyſ-
téme général ; mais en revanche ils nous ont
valu l'établiſſement de la Morale Evangéli-
que , & cette Morale a donné une ſuite
d'hommes vertueux dans tous les ſiécles , qui
ne valoient pas moins que M. le Propoſant des
queſtions ſur les miracles.

Ce Philoſophe profond veut que tout le
ſyſtême de l'Univers ſe dérange pour pro-
longer le jour en faveur de Joſué ; planettes , cométes , mouvement projectile , gravitation , &c. & ce Philoſophe , malgré ſa
profondeur , ne voit pas que la prolonga-
tion du jour ne demande pas áutre choſe ,
que la ſimple ſuſpenſion de la rotation de
la terre autour de ſon axe. La terre en attendant continue tranquillement ſa courſe ;
la Lune , les planettes & les cométes circu-
lent ſans s'arrêter un inſtant , & la ſuſpenſion du mouvement de projectile & de gravitation n'a rien à faire avec le miracle de
Joſué. Pour que M. le Propoſant puiſſe ſe
propoſer , à l'imitation d'Alphonſe , Roi de
Caſtille , comme digne d'aſſiſter au Con-
ſeil du Très-Haut , il lui conviendra très-

fort de prendre d'avance quelques leçons d'Aftronomie. *

M. le Propofant des autres queftions croit que c'eft bien pis quand il s'agit de l'Etoile nouvelle, qui parut dans les Cieux, & qui conduifit les Mages d'Orient en Occident; cependant je ne vois rien de pis, que le bouleverfement entier du Ciel & de la Terre. N'importe; paffons-lui fa volonté facrée; puifqu'un fi grand homme le veut, il faut le croire. Mais pourquoi veut-il abfolument que cette Etoile foit auffi grande que notre Soleil, qui furpaffe la terre un million de fois en groffeur ? Les étoiles fixes, il eft vrai, font regardées communément par les Aftronomes, comme égales en groffeur à notre Soleil; mais celle - ci n'étoit pas une

------

* *Sol, contra Gabaon ne movearis, & Luna contra vallem Aïalon. Steteruntque Sol & Luna...... Stetit itaque Sol in medio Cœli, & non feftinavit occumbere fpatio unius diei.* Gabaon étoit à l'Occident, par rapport au Soleil, & la vallée d'Aïalon par rapport à la lune : rien n'eft plus évident par le texte, qu'il ne s'agit uniquement que du mouvement diurne de la terre.

étoile fixe , puisqu'elle marchoit pour conduire les Mages ; & Mercure se nomme étoile
dans le style commun , quoiqu'il soit bien
plus petit que la Terre , qui est elle-même
un million de fois plus petite que le Soleil.
Il y a des Comètes de toute grandeur ; &
bien loin *d'être retenues par quelque loi de
stabilité dans leur place , ou de déranger le
monde entier par une masse énorme ajoutée
a l'étendue ,* elles se meuvent librement dans
toutes les directions possibles. Une Comé-
te , telle que M. le Proposant la voudroit,
créée dès le commencement du Monde par
un Dieu qui prévoit tout, pour tenir exactement telle course , & paroître précisément
dans un tel temps , est précisément ce qu'il
falloit pour conduire les Mages , & pour
être stationaire selon la combinaison de son
mouvement avec celui de la terre au moment requis , sans bouleverser l'Univers.

Il est vrai , & très-vrai , comme M. le
Proposant ajoute spirituellement , qu'il ne
valoit pas la peine , pas même , s'il veut,
de créer une comète , *pour que dans ce petit tas de boue appellée la terre , les Papes
s'emparassent enfin de Rome , que les Béné-*

dictins fuſſent trop riches , qu'Anne du Bourg fût pendue à Paris , & Servet brûlé vif à Genève. C'eſt préciſément comme ſi l'on diſoit , qu'il ne valoit pas la peine d'avoir une légiſlation en France , pour que deux cent maltotiers s'enrichiſſent aux dépens du peuple , ou d'encourager la poëſie , pour que la Pucelle d'Orléans fût miſe au jour , au grand ſcandale de tous les gens de bien. * Mais ſi M. le Propoſant ne voit pas des fins plus auguſtes & plus dignes de la Divinité , dans l'établiſſement de la Religion Chrétienne , ce n'eſt pas la faute de ſon fondateur. En attendant qu'il voye plus clair , les Papes valent bien les Tiberes & les Nérons ; les Bénédictins partagent leurs richeſſes ſelon la volonté du Prince avec bien des perſonnes étrangeres à leur Inſtitut , gens du monde , & du bon ton , qui ne donnent au-

---

* *Dii magni ! horribilem , & ſacrum libellum !* Cat.

Je raiſonne ici *ad hominem ,* ſelon ſa façon louche d'enviſager les objets , pour le frapper avec plus de force & faire ſentir vivement au Lecteur le fiel & la foibleſſe de ſes paralogiſmes. *Répondez ,* dit Salomon , *à un inſenſé ſelon ſa folie.*

cune prife à la haîne philofophique , & pour preuve que la Religion , telle que l'Evangile nous la tranfmet, épurée de toute paffion, ne pend & ne brûle perfonne , il fuffit de voir que bien des gens, cent fois pires que Servet , fe déchaînent en chiens enragés contr'elle , fans que perfonne penfe à les brûler. Nos Philofophes , malheureufement, font venus quelques fiécles trop tard , ou pour réprimer la puiffance des Papes, dont ils fe plaignent , ou pour déclamer avec avantage contre l'intolérance odieufe qu'ils reprochent aux Eccléfiaftiques.

M. le Propofant calcule très-fçavamment que la multiplication miraculeufe de deux poiffons, & de cinq pains, fuppofe la valeur de quinze mille livres de matiere tirées du néant , & ajoutées à la maffe commune. Calcul fans doute effrayant ! Surtout, fi cette matiére fût tirée du néant, ce qui n'eft pas abfolument néceffaire pour l'exiftence du miracle, mais qui n'égale pas tout-à-fait la création de l'Univers, fans être pourtant plus impoffible, *fi Deus interfit*. Mais que dira-t-il, fi cette multiplication fe faifoit par la fimple converfion

d'autre matiére en poiſſon & en pain ? Dieu,
qui donne ſans ceſſe, par les loix ordinai-
res de la nature, une quantité de nourriture
ſuffiſante pour l'immenſité de ſes créatures,
ne pouvoit-il pas d'une maniére plus abré-
gée, produire aſſez, par une converſion in-
ſtantanée, en le tirant de la maſſe commune, pour nourrir abondamment cinq mille
perſonnes ? Si ce ſont là, comme le Propoſant croit, les plus fortes objections contre les
Miracles, un Chrétien à qui ſa Religion eſt
chere, peut ſe tranquilliſer ſur ſon ſort,
ſans s'effrayer beaucoup des efforts des incrédules. Du reſte, celui qui ne voit dans
ces deux miracles, que la deſtruction de
quelques centaines d'Amorrhéens, ou le repas de cinq mille perſonnes, ſans étendre
ſa vue à toute la chaîne de cauſes & d'effets, ne voit en vérité que peu de choſe.
Il y a entre lui, & le vrai ſçavant en fait
de Religion, autant de différence qu'il y
a entre le grand Newton & le Payſan qui
ne voit que la mouche qui le pique, & ſe
fâche contre le Ciel pour avoir produit un
animal ſi importun. Pour tout remede à la
baſſeſſe de ſa vue, je lui conſeille la lec-

ture de l'Hiftoire univerfelle de Boffuet ;
qui vaut bien celle de Voltaire pour le
moins ; parce que Boffuet ne choifit pas les
événemens, en les ifolant, pour les préfenter enfuite felon la petiteffe de certaines
vues particulieres , fous tel coloris faux
qu'il plaît à l'amour - propre de leur donner ; mais il les enchaîne enfemble dans
leur ordre naturel, pour faire paroître les
deffeins de la Divinité, qui préfide & qui
dirige ce que la Sainte Ecriture appelle *te-
lam , quam orditus eft fuper omnes natio-
nes*. Ici, philofophie & fublimité ! là, petiteffe , malignité & déclamation !

M. le Propofant me pardonnera fans doute , fi je n'entre point dans un détail trop
long , qui me couteroit un volume de quelques centaines de pages , pour répondre à
toutes les objections furannées , qu'il en-
taffe contre les miracles de l'ancien & du
nouveau Teftament. Il avoue cependant,
ce qu'il ne faut pas diffimuler , dit-il , qu'on
y répond encore tous les jours ; *mais toujours répondre* , ajoute - t - il très-fpirituelle-
ment, *eft une preuve qu'on a mal répondu.*
Toujours répondre, fuppofe feulement que les

adverſaires reviennent à la charge ; mais en bonne Logique ce n'eſt pas une preuve qu'on ait mal répondu , parce qu'on ne peut pas impoſer ſilence aux opiniâtres , qui s'acharnent contre la vérité. On a toujours donné les mêmes réponſes à toutes ces objections très - ſurannées , & il y eut un temps où après des oppoſitions marquées , la Religion triompha, *& ſiluit in conſpectu ejus orbis terrarum* ; néanmoins qui peut répondre de la folie toujours renaiſſante des hommes ? Les inſenſés reviennent ſans ceſſe à la quadrature du cercle , malgré la démonſtration de ſon impoſſibilité, & ſi le plus grand des intérêts anime les Incrédules , eſt-il étonnant qu'à meſure qu'on les recule , ils reviennent toujours ? Mais qu'il me ſoit permis de rétorquer leur argument. Si les ſoi-diſans Philoſophes avoient tant fait par leurs objections , que d'écraſer parfaitement la Religion , & de la réduire dans l'eſprit de tout homme ſenſé à l'état de la fable de Mahomet ; je dirai plus , ſi un ſeul parmi eux oſoit penſer que l'Evangile porte l'empreinte de fauſſeté comme le Koran des Muſulmans , certains Maîtres d'incrédulité par excellence ne feroient pas tentés de revenir à tout moment, foit qu'ils écrivent, foit qu'ils converfent, contre un livre, qu'ils mettroient naturellement au rang des mille & une nuits Arabes. Au lieu donc de nous perfécuter avec leurs doutes minuticux, & de s'accrocher aux mots & aux fyllabes , en épluchant la Bible, ils nous mépriferoient trop pour fe donner tant de peines. Car qu'un Japonnois s'avife de les menacer de l'indignation de Xaca & d'Amida , ils s'en moqueront indubitablement fans fe mettre en colère, fans lui dire des injures, & fans lui faire l'honneur de raifonner contre fes erreurs. En revanche , la Religion fe foutient toujours malgré la tempête. *Merfes profundo pulchrior evenit. Per damna , per cædes ab ipfo ducit opes animumque ferro.* Je crois donc pouvoir affurer mes lecteurs , qu'ils trouveront des réponfes très-folides, & trèsfatisfaifantes aux difficultés de M. le Propofant, dans les écrits polémiques de toutes les Nations de l'Europe. Ces objections ne font nouvelles que par la forme mauffade qu'elles prennent entre les mains du Propofant; mais qu'il les préfente s'il peut dans tout leur jour, elles ne font réellement que de purs paralogifmes ; celui qui lui répond par ce court imprimé eft qualifié par fes recherches, pour s'infcrire en faux contre leur prétendue invincibilité. Après tout , l'invincibilité de certaines objections tant vantées n'eft que relative , & fi l'on juge de leur force par celle de M. le Propofant , la queftion fera bientôt décidée ; ce petit écrit fuffit pour le faire appercevoir.

Mais s'il n'eft pas un Logicien de la premiere claffe , il eft en revanche rempli d'humanité , il doit avoir naturellement le cœur excellent. Oh! que je plains fa trop grande fenfibilité , qui le fait tant fouffrir , & quel malheur d'être né fi compâtiffant pour des gens , qui certainement le payeront d'ingratitude ! « *Le cœur me faigne*, dit-il , quand » je vois des hommes remplis de fcience, de » bon fens & de probité, (& il auroit dû » ajouter d'orgueil), rejetter les Miracles & » dire, qu'on peut remplir tous fes devoirs » fans croire que Jonas ait vécu trois jours & » trois nuits dans le ventre d'une baleine , » *lorfqu'il alloit par mer à Ninive , qui eft* » *au milieu des terres.* Effectivement à le pren-

dre comme il eſt , il peut fort bien ignorer ,
comme il ignore nombre d'autres choſes très-
claires , qu'un homme ne peut pas remplir
tous ſes devoirs ſans croire tout ce que Dieu
exige de lui qu'il croye ; mais je ne puis par-
donner à ſa ſimplicité , ni à celle de cette
grande aſſemblée , (où l'eſprit, dont il nous
donne un échantillon ſi beau , voltigeoit librement aux dépens de nos pauvres croyans.)
qu'ils ignorent tous , que Jonas n'alloit pas
alors *par mer à Ninive*, mais qu'au contraire
il s'étoit embarqué exprès dans un port de mer
pour *s'enfuir* & s'éloigner de plus en plus de
cette Ville Méditerranée. Tharſis, c'eſt le nom
de l'endroit où il ſe rendoit contre les ordres
de Dieu , certainement n'étoit pas au milieu
des terres. Que M. le docte Propoſant ait donc
la bonté de relire ſa Bible, & de revoir ſes Car-
tes Géographiques ; je l'aſſure que ſon pauvre
cœur ceſſera de ſaigner pour ceux qui ſe moquent ſans doute de ſon ignorance. Du reſte ,
celui qui conſerve la vie d'un enfant dans le
ſein de ſa mere , pendant pluſieurs mois, par
des moyens faciles, & qui ſe retrouvent très-
ſouvent dans les adultes, ſelon les Anatomiſtes,
peut auſſi conſerver la vie d'un homme pen-

dant trois jours & trois nuits dans le ventre, je ne dirai pas avec le Propofant, d'une baleine, car l'efpece n'eft pas décidée, mais de quelque gros poiffon, qui étoit propre aux deffeins de la Divinité. Ici fi les voies qu'elle a choifies pour préfigurer le Meffie vous bleffent la vue, & paroiffent tortueufes, fçachez que fouvent la fageffe de Dieu eft folie auprès des hommes, & que réciproquement la fageffe charnelle de nos Philofophes eft folie devant Dieu. C'eft un événement prophétique, qui regarde directement le Meffie, comme tant d'autres dans la Bible, rejetté par l'Incrédule, qui ne voit que la fingularité du fait, fans voir ni les moyens, ni la fin ; mais il eft très-intelligible, & très croyable au fidele Chrétien, qui, connoiffant la voix de Dieu, fe repofe fur fa puiffance, fa fageffe & fa véracité. Peignons les faux Philofophes de nos jours d'un feul trait : tout ce qui eft au-deffus de ce qu'ils voyent journellement, les frappe d'un étonnement ftupide ; *comment peut-on être Perfan ?* *

---

* Jefus-Chrift lui-même en fe comparant à Jonas attefte la vérité de ce fait prophétique ; & quoique

Pour conclusion, voici l'avis sincere & amical que le Répondant donne au Proposant. Si tu es d'un grand esprit, ce qui ne paroît pas trop par tes questions, ou si tu crois en avoir beaucoup, ne te fie pas à ton génie, qui te trompe; & ne seme pas sourdement tes persuasions du cœur, pour rendre celui des autres aussi flottant & aussi remuant que le tien. Je dirai de plus à tes Auditeurs, tes Lecteurs, tes Admirateurs: Quand on vous insinue adroitement certaines difficultés captieuses, qui paroissent porter contre la Religion; ayez recours à ceux de vos Pasteurs, dont la profession est d'étudier sans cesse les vérités éternelles, & ne vous fiez pas aux faux Philosophes, qui ne veulent ni entendre ni goûter ces matières. Faites comme si vous aviez quelque maladie dangereuse, demandez un habile Mé-

---

nous semblions toucher de près à ce temps malheureux dont il parle, quand il dit : *A l'arrivée du Fils de l'homme, pensez-vous qu'il trouvera de la foi sur la terre?* néanmoins j'ose me persuader qu'un grand nombre encore de nos Philosophes avec Rousseau à leur tête, en croiront plutôt Jesus-Christ que M. le Proposant des autres questions.

decin , & ne vous attachez pas aux Charlatans
ni à leurs Saltinbanques. Les Orateurs autrefois avec leur langue dorée ont causé la ruine
d'Athènes ; ils furent représentés , dit-on ,
par une figure avec la bouche ouverte, d'où
sortoient des liens , qui s'attachoient aux
oreilles d'une multitude d'Auditeurs. Quelqu'un s'avisa de demander , qui avoit attaché
tant de fainéans à ce malheureux? Demandez
plutôt , dit un assistant , ce qui pouvoit atta-
cher ce malheureux à tant de fainéans, dont
la plus vive passion est d'être chatouillés. *
Mais je m'arrête sans faire l'application de
cette histoire à notre siécle , pour admirer
l'esprit éclairé de M. le Proposant : car dans
les dernieres lignes , & comme par inspira-
tion, il lui est venu à propos une pensée très-
heureuse, qui couronne sa feuille volante. Il

---

* Un Orateur qui, par ses discours, avoit formé
un parti considérable contre l'administration de
Phocion, lui demanda un jour avec un air de triom-
phe : N'ai-je pas bien & avec habileté trompé le
Peuple? Vraiment ! répondit l'honnète & sage Athé-
nien, vous l'avez trompé ; mais si jamais il revient
à son bon sens, il se vengera sur l'imposteur.

compare les Incrédules, j'ai presque dit, il se compare lui - même à la bête féroce du Gévaudan, qui n'attaque, dit-on, que des femmelettes & des enfans ; un lâche infidiateur à faux-fuyants, dont on ignore le nom & les qualités, & qui déroute par ses marches sourdes & cachées les plus habiles chasseurs. Tout est lié, selon les Philosophes, dans la Nature ; & malheureusement dans ce siécle la Morale ne suit que trop la Physique. Dieu vous préserve, mes chers Lecteurs, vous & vos enfans, de la bête féroce du Gevaudan !

OBSERVATION.

OBSERVATION.

L E S Incrédules font nommés communément *efprits forts* ; ils adoptent volontiers ce
titre , & ils paroiffent s'en faire gloire. J'exa-
mine leur droit à cette qualification , que je
dirai plûtot pompeufe , qu'honorable. Eft-ce à
caufe des difficultés qu'on rencontre , quand
on cherche à devenir incrédule , & qui demandent une certaine force d'efprit pour être
vaincues ? Oui , fans doute ; mais de quelle nature font-elles ces difficultés ! Il eft fûr
qu'elles ne viennent pas de la nature intime
du fujet, & comme les Orateurs le difent ,
ex vifceribus caufæ. Car il eft bien plus facile
& plus naturel, ce me femble , de rejetter
une myftère incompréhenfible , ou un miracle
quelconque , que de l'admettre , & de s'élever à la croyance des chofes au-deffus de la
nature ; comme il eft bien plus aifé à un pay-
fan, en fe conformant au matériel de la vuë ,
de fe perfuader que le foleil n'eft pas plus

D

grand que ſon chapeau , que de croire ſcien⸗
tifiquement, qu'il excede la terre en groſſeur
en million de fois. Reſte donc , que les difficultés à vaincre , qui exigent cette force
d'eſprit dont nous parlons , proviennent de
dehors , & on répondra ſans doute, qu'elles dérivent de préjugés forts en faveur de la
Religion , que nous recevons par l'éducation.
Mais qu'un Mahometan , ou qu'un Juif de-
vienne Chrétien avec connoiſſance de cauſe ,
qu'un Idolâtre quitte ſes faux Dieux , qu'un
Luthérien ſe conforme aux dogmes de l'E-
gliſe Anglicane , ou qu'un Proteſtant embraſſe
la Religion Catholique par conviction , per-
ſonne ne s'aviſe, malgré les grands préjugés de
leur éducation , de les nommer *eſprits forts* ,
& chacun ſent en lui-même , que c'eſt abuſer
ouvertement du terme de leur donner une
qualification qui ne leur convient en aucune
manicre. Mais s'il n'eſt pas naturel d'attribuer
cette force d'eſprit à la ſimple victoire que
ces Meſſieurs ſont cenſés remporter ſur les
préjugés de l'éducation , il faut que cette
qualification dérive néceſſairement d'une autre
ſource , de quelque hardieſſe extraordinaire ,

(51)

quelque courage, ou plutôt témérité, qui
les caractérise spécialement ; & si cette har-
diesse, cette témérité les porte non-seulement
à ne pas craindre la mort, (car cette espèce de
force peut appartenir à un Chrétien,) mais à
braver en même tems la justice de Dieu après
la mort ; alors elle devient une force extraordinaire qui surpasse celle du Chrétien, avec
qui l'incrédule doit faire contraste en ce point
pour mériter le nom d'esprit fort par excellence. * En effet je ne connois dans le vrai
Chrétien autre espece de foiblesse, que celle
de la crainte de Dieu, foiblesse dont il se glo-
rifie avec raison, quand il dit avec Racine :
*Je crains Dieu, cher Abner, & n'ai point
d'autre crainte,* il s'arrête à ce point, & ne va
pas au-delà. Mais la force extraordinaire, la
phrénésie des incrédules est absolument sans
bornes, & pour vous en donner une idée
vive, elle se montre assez souvent dans tout

---

* Vois-tu ce libertin, en public intrépide,
  Qui prêche contre un Dieu que dans son ame il
    croit?

Boileau, Ep. 3.

D ij

fon jour à Londres parmi les pendus tant ad-
mirés & préconifés par le peuple Anglois. La
populace de cette grande Ville , accoutumée
aux combats de coqs qui fe déchirent jufqu'à
la mort , admire la force d'ame de ces héros
de potence lorfqu'ils meurent fiérement , fans
donner aucune marque de repentir , & elle
fait leur éloge par cette phrafe courte & énergique : *Dieu le d.... c'étoit un coq de grand
cœur , & il eft mort dur.* Je ne fçais pas exactement , fi l'incrédule fent en lui-même la juf-
teffe de cette comparaifon ; mais il eft fûr , &
très-fûr, que *la force d'efprit* qu'il s'arroge par
contrafte avec fon adverfaire le Chrétien ,
doit être de cette efpèce. Boileau racontoit,
que le grand Condé étant près de mourir fit
appeller fes gens , & leur dit : *Vous m'avez
fouvent ouï dire des impiétés ; mais dans le
fond je croyois tout le contraire de ce que je
difois : je ne contrefaifois le libertin & l'a-
thée que pour paroître plus brave.* D'un autre
côté , fi le Chriftianifme eft ouvertement , &
clairement une pure fable , comme certains
fanfarons parmi les incrédules veulent nous
faire accroire, cette prétendue force d'efprit

s'évanouit auſſitôt au grand préjudice de la
réputation de ces preux & hardis Chevaliers.
On peut donc conclure ſûrement que la Religion Chrétienne , déteſtée ſi cordialement
par certains incrédules , eſt en effet ſoutenue
par des argumens très-forts & étayée de preuves qui nous font tous ſoupçonner , ſans
même excepter les eſprits forts, que braver
le Chriſtianiſme , pourroit bien être braver la
Divinité même. Les plus ſçavans parmi les
incrédules , qui ſentent en quelque façon
malgré eux la valeur & le poid de ces preuves,
conviennent de cette vérité , en faiſant mo-
deſtement profeſſion du ſcepticiſme ; mais ils
ſont obligés de l'étendre,à meſure qu'ils avancent , à toutes les autres ſciences , parce
qu'ils ſentent en même tems que le Chriſtianiſme eſt prouvé ſuivant ſa nature auſſi clairement , que toute autre vérité quelconque. Ce
ne ſont que les *menus Philoſophes* , comme
Ciceron les nomme , dont on attrape des
milliers tous les jours, par les brochures éphé-
mères ; ce n'eſt , dis-je , que ce menu frétin
qui croit bonnement que la Religion n'eſt
que pur préjugé ſans preuve. Ces Meſſieurs ,

çomme diſoit autrefois un bel eſprit ; prennent tout pour argent comptant , & croyent
tout excepté la Bible. De façon , qu'à bien
voir les choſes , comme elles ſont en elles-
mêmes , les prétendus eſprits forts ne ſont
que des eſprits foibles , & les incrédules en
fait de Religion les plus crédules des mortels.
Cette dernière eſpece d'incredule , qui fait le
peuple dans cette ſecte , ne mérite pas le
pompeux titre d'eſprit fort ; car il n'en coûte
rien pour rejetter une fable manifeſte, telle
que le Koran de Mahomet , & on ne peut
pas s'arroger le caractère de hardi & de coura-
geux en ce genre ſans riſquer ſon ame. Or
pour tout conclure en peu de mots , & c'eſt
préciſément là où j'ai voulu venir par une
eſpèce de Méthode ſocratique , une fable
très-compliquée ; qui eſt le produit d'un
tems immenſe ; qui dépend par une liaiſon
néceſſaire dans ſes principes d'une ſuite de
ſix mille ans , & de plus de deux cens géné-
rations ; qui a été la fable univerſellement
reçue de tant de différentes Nations , de tant
de climats , de tant de ſiécles , de tant de génies différens , de la première claſſe en tout

genre , & de tant de tempéramens ; une
fable étonnante , à laquelle toutes ces Nations nombreufes , tous ces climats différens ,
tous ces génies fublimes ont facrifié non-feulement leurs fables anciennes en la reconnoif-
fant comme vérité par excellence , feule diftin-
guée de toute invention humaine quelconque ,
& tirant fon origine du Ciel, mais aufli leurs
paffions les plus favorites , leurs plaifirs les
plus rafinés, leur orgueil, leur fauffe philofophie, leurs vertus mêmes , dont la racine tenoit à l'amour-propre déréglé , & cela dans
un tems où la corruption étoit arriveé à fon
comble & les vices débordoient de tous les
côtés , fans digues , & fans aucune reclama-
tion de la part de leurs prétendues fages ; une
fable enfin , qui nous éleve au-deffus de la
nature , qui ne refpire que la vertu même
la plus pure , la plus univerfelle', qui eft fou-
tenue par tant de preuves , qui nous venant
de tous côtés , aboutiffent , fans fe croifer au
même point , par tant de marques de vérités , dont la lumiére augmente à raifon
de la réflexion multipliée , affez fortes pour
enchaîner le déifte fçavant malgré lui dans

un doute éternel , est une fable unique , une fable d'une espéce qu'on ne conçoit pas , qui n'a jamais exifté ailleurs depuis la création du monde , & qui n'existera jamais dans toute la fuite des fiécles , quand le monde dureroit éternellement.

PARODIE

DE LA

TROISIEME LETTRE

DU

PROPOSANT,

Adressée à un Philosophe;

Par Mr. N****

Troisième Edition, corrigée & augmentée.

Expedit vobis neminem videri bonum, quasi aliena virtus exprobratio delictorum vestrorum sit. . . . quis iste furor ? quæ ista inimica diis hominibusque natura est, infamare virtutem, & malignis sermonibus sancta violare ? Si potestis, bonos laudate, si minus transite .... plus quàm octingentorum annorum disciplinâ fortunâque compages hæc coaluit, quæ convelli sine exitio convellentium non potest. Tacite.

Sapiens ædificat domum suam ; insipiens extructam quoque manibus destruet. Par. Sal.

» C'est mal raisonner contre la Religion, dit un
» Auteur célèbre, que de rassembler dans un grand
» ouvrage une longue énumération des maux qu'el-
» le a produits, si l'on ne fait de même celle des
» biens, qu'elle a faits. Si je voulois raconter
» tous les maux, qu'ont produit dans le monde
» les Loix civiles, la Monarchie, le Gouvernement
» républicain, je dirois des choses effroyables.

Esprit des Loix, l. 24. cap. 20.

AVIS
PRÉLIMINAIRE.

CEUX qui connoissent l'original sur lequel cette Parodie est formée, peuvent remarquer qu'on n'a touché en rien à la forme, ni aux idées, pas même aux mots, qui constituent la partie déclamatoire, en quoi consiste toute sa force. On n'a changé simplement que les interlocuteurs, & les objets qu'on discute, pour faire sentir que les ténèbres répandues par les Incrédules sur la Religion, amenent en même tems des ténèbres universelles sur toutes les autres vérités. L'infidèle se verra comme dans un miroir, & ses propres argumens sont tournés directement contre lui-même. Celui qui prouve trop, ne prouve rien : voilà le plan de cet Ouvrage. Personne n'est peut-être mieux en état de répondre à tout ce qu'on avance dans cette Parodie, que celui qui a composé l'original contre le Christianisme ; & sa reponse, en cas qu'il juge à propos de la faire, deviendra une espèce de spécifique applicable au venin qu'il a répandu en tout tems contre la Religion. C'est le seul moyen de finir bien vite la controverse, qu'il a suscitée, & qu'il soutient avec tant de chaleur. En attendant, c'est à pure perte que les *honnêtes gens & les amis de l'humanité se troublent aux attaques répetées des infidéles. Le caustique de l'incrédulité peut être douloureux à certaines personnes foibles & délicates ; mais il ne fait aucun mal réel ; il effleure la Religion sans la pénétrer. C'est la pierre infernale entre les mains de la Providence, qui ne consume que les mauvaises chairs ; & que perdra le Christianisme en perdant tous ceux qui se révoltent contre la sévérité de sa morale, & causent ces scandales, dont ses ennemis profitent pour le tourner en derision ? L'or ne deviendra que plus pur sans mélange, & toutes les objections qu'on a tirées des funestes effets de nos passions, pour les lancer ensuite injustement contre la Religion, tomberont à terre. Bientôt le monde dénué en grande partie de ces sublimes vérités, (c'est un malheur qui nous menace de près) verra clairement à qui appartient la veste ensanglantée, & la nature corrompue se trouvant libre sans aucun frein, reprendra ses droits ; vous les connoîtrez alors par leur fruit. En attendant il suffit de montrer aux clair-voyans l'abîme où ces Messieurs veulent nous précipiter ; les faux principes qu'on employe contre la Religion sont par leur nature même destructifs de la société ; comme nous allons démontrer dans ce court imprimé, sic enim vitia virtutibus immista sunt, ut illas secum tractura sint. S**e**n. Voilà le caractère du siécle, & voilà le portrait des faux Philosophes.*

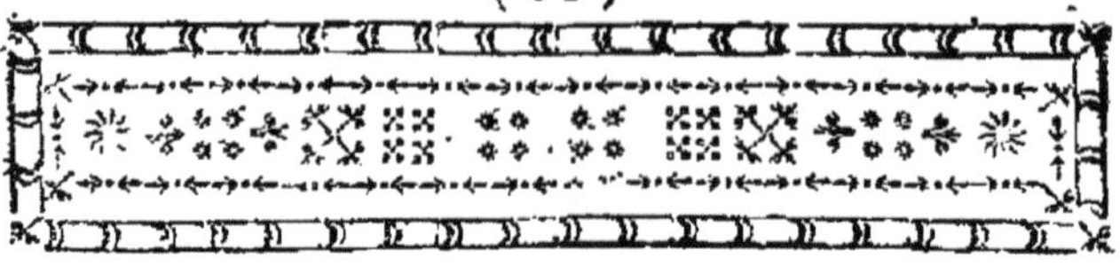

MONSIEUR,

JE vous prie de venir à mon ſecours à la *Terra del Fuogo*, contre un Géant Patagon d'une taille énorme, armé d'une groſſe maſſue, qui paroît raiſonner, & qui malheureuſement n'eſt pas encore perſuadé de l'exiſtence de Dieu, ni de l'excellence de notre morale. Nos ſciences les plus claires lui paroiſſent abſurdes, & notre métaphyſique inintelligible. Il me demandoit hier, pourquoi l'être, que je nomme Dieu, auroit créé le globe terreſtre ? Je lui dis, que c'étoit pour placer un animal bipede, qui s'appelle *homme*, ſur un tas de bouë, qui eſt la milliéme partie de Saturne, la douze-centiéme partie de Jupiter, & la mille-milliéme partie du Soleil ; que ce tas de bouë n'étoit rien en comparaiſon de ſon orbite ; que cette orbite étoit peu de choſe en comparaiſon du ſyſtême, & que le ſyſtême étoit dans le nombre total de tous les autres ſyſtême, comme un grain de ſable est parmi tous les grains de sable, qui couvrent le grand bassin de la Mer.

Voilà bien de la belle marchandise, que vous m'apportez de votre Europe, dit-il, & cela s'appelle chez nous rêver creux; mais n'importe; continuons. Pourquoi donc ces hommes, ces animaux bipedes ne furent-ils créés qu'au bout d'un certain tems, après l'écoulement d'une infinité d'années, qui ont précédé, & qui pourtant n'ont pas pû s'écouler, parce qu'une infinité d'années ne s'écoule pas ? Pourquoi cette même raison, dont vous reclamez le témoignage, n'a-t-elle pas enseigné à moi, comme à vous, l'existence de ce Créateur, & la vérité de cette morale, que vous me prêchez? (*a*) Elle consiste à croire, *que je dois vous faire du bien*, & ma nature me pousse à vous écerveler pour en faire mon repas; à croire, *que je dois respecter & aimer mon père & ma mère*, & je vois tous les autres animaux les oublier aussitôt qu'ils sont assez forts pour se soutenir tout

____

(*a*) Voyez la troisiéme Lettre du Proposant, où toute la morale, qui suit, est fortement recommandée, comme obligatoire.

feuls ; à croire, *que je dois être foumis aux Loix* faites felon la volonté des autres, & mon efprit me porte à faire ma propre volonté, & non pas celle des autres ; à croire, *que je dois me contenter d'une feule femme, & de ne me pas priver d'elle par de vains caprices,* & mon tempérament me dicte d'avoir nombre de femmes, de les chaffer quand elles me déplaifent, & de fuivre toujours mon goût, dont les variations font très-réelles, & très-phyfiques, & non pas de vains caprices ; à croire, *que je dois élever mes enfans dans l'amour du jufte, & de l'honnête,* & je les abandonne à l'inftinct naturel, qui eft bien plus fûr que votre prétendu jufte & honnête, fur quoi vous n'êtes pas d'accord entre vous, & duquel vous vous écartez continuellement ; à croire, *que je dois aimer ma patrie, adorer un Dieu éternel & jufte & fçavoir que, puifqu'il eft jufte, il récompenfera la vertu, & punira le crime ;* & je ne connois ni patrie, puifque je me trouve bien partout ; ni Dieu, qui ne s'eft jamais préfenté à mes yeux pour demander mes adorations ; ni juftice, puifque tout ce qui m'eft poffible, & me plaît, eft licite ; ni les idées contradic-

toires de l'éternité, que personne ne peut comprendre, & qui choquent ma raison ; *ni vertus, ni vices, ni récompenses, ni punitions,*
puisque la vertu & le vice ne font que deux
chofes arbitraires & locales ; (voyez le Livre
de l'Efprit) ; & que je ne reconnois perfonne plus riche que moi pour me récompen-
fer, ni plus fort que moi pour me punir.

Cette raifon confifte encore dans certains
préjugés fots, certaines inftitutions arbitraires, dont la nature n'a jamais dit mot,
puifqu'elles naiffent & dépendent de mille
néceffités factices, dont on peut très-bien fe
paffer. Il eft clair, & vous le fentez bien,
malgré la corruption de la fociété, que la
nature ne demande rien au-delà des néceffités phyfiques, & je fuis fort étonné que vous
ne foyez pas Patagon comme moi, obéif-
fant aux feules Loix de la fenfation : elle
vous dit de vous tenir dans les bornes de fes
préceptes, qui font fimples & peu nombreux,
pourquoi les réprouvez-vous ?

La nature vous dit en particulier de manger de la viande crue, préparée par fa main
bienfaifante, comme les animaux carnivo-
res, & du poiffon dans fon état naturel,

comme

comme les loutres & les oiseaux de mer.
Or, est-ce accomplir ses loix que d'en avoir
tous les préceptes en horreur ? Vous n'êtes
point tout nud, comme la nature vous a fait
naître, vous mangez de la viande rôtie, du
pain cuit au four, & des pigeons à la crapau-
dine. Par quel moyen prouvez - vous que
la nature vous inspire d'en manger ? Au lieu
de satisfaire à diverses nécessités physiques
qu'elle vous impose devant vos compagnons
& en plein air, vous vous cachez, comme si
vous étiez honteux d'être soumis à ses or-
donnances. Vous faites, & vous croyez tout
ce qui est contraire à la nature : comment
pouvez-vous dire qu'elle est votre regle ? Tout
ce qui est dénaturé est déraisonnable, & vous
osez dire en l'abandonnant que vous suivez
la raison ? Vos ancêtres étoient des Sauvages comme moi, & observoient ses Loix :
les Pictes & les Gaulois, dix siécles avant de
connoître le luxe Romain, s'exposerent hardiment à l'inclémence de l'air, & grimperent
sur leurs montagnes tout nuds ; (voyez les
chansons des Druides, qu'on vient de re-
cueillir tout récemment en Ecosse.) *Caracta-
cus* alla long - temps après combattre ces

mêmes Romains en plein champ, la peau
toute barbouillée comme la mienne, fans vê-
tement, & fans armes défenfives, faifant
tête ainfi contre leur armure de fer pendant
plufieurs années, felon le confeil de fes Druides : il dit à l'Empereur Claude : *Je fuis un
animal libre comme les Cerfs qui tourent dans
mes montagnes* : aucun Druide n'a dit, *renoncez à la nature*. Pourquoi donc les Bre-
tons d'aujourd'hui y ont-ils entiérement renoncé dans la fuite des temps ? Pourquoi ont-
ils facrifié la réalité à l'ombre, la phyfique
de la liberté à une métaphyfique fotte &
inintelligible, pour laquelle ils s'entr'égorgent
comme des enragés qu'on enfermeroit pour
la vie, fi le nombre des fols n'excédoit pas
fans comparaifon celui des gens fenfés, fe
laiffant fubjuguer comme des nigauds par les
Loix, les Rois & les Parlemens, & fe croyant
libres, parce que leurs chaînes font moins grof-
fières que celles de leur voifins, pendant
qu'il ne tient qu'à eux d'être libres en tout
fens?, libres comme les oifeaux qui fendent
l'air, libres comme leurs ancêtres autrefois,
libres comme aujourd'hui les nobles Patagons
de la *Terra del Fuego* ?

Je lui répondis avec cette modération qui fied fi bien à la vérité, & avec la modeftie convenable à la petitefle de ma taille : Si Dieu ne s'eft pas rendu vifible à nos yeux, & fi dans tous les pays du monde la nature n'a point enfeigné expreffément la morale telle que nous l'avons aujourd'hui, la raifon y a fuppléé ; fi elle n'a pas tout dit, les hommes ont imaginé ce que la raifon avoit préparé ; enfin les Philofophes & les Académies nous ont appris ce que la nature & la raifon ordinaire avoient cru ne devoir pas dire. Ce font les Philofophes, par exemple, qui nous ont dit, qu'il faut croire en Dieu créateur du Ciel & de la Terre, totalement diftingué de toute la chaîne des êtres créés, tout en tout, & tout en chaque partie d'étendue, fans être étendu lui-même, exiftant par foi-même, éternel, infini & chargé de maints autres attributs au-deffus de notre foible conception. Ce font les Académies qui nous ont démontré fon exiftence par la découverte de ces loix libres & fublimes felon lefquelles il gouverne l'Univers : ce font elles qui nous ont enfeigné l'attraction mutuelle des corps proportionelle à leur denfité, &

aux quarrés des diſtances, dans le vuide, &
à des diſtances immenſes, l'attraction cubi-
que, qui n'eſt pas ſelon les quarrés des diſtances; & la conception de deux infinis, dont
un eſt ou infiniment plus petit, ou infiniment plus grand que l'autre; n'importe, vous
le prendrez comme vous voudrez. Elles nous
ont appris qu'un grain de ſable, qui fait
partie d'une groſſe montagne, n'eſt pas égal,
il s'en faut bien, à la montagne dont il fait
partie; mais qu'il eſt diviſible ſans fin en
nombre infinies de parties; & que la montagne elle-même ne contient pas plus de parties que ce même grain de ſable, qui n'eſt
qu'une très-petite partie du tout: diviſibilité
d'une part, & de l'autre également inépui-
ſable; & bien d'autres myſtères encore, aſ-
tronomiques, *aimantiques*, électriques, ſur
leſquels la ſimple nature, la pure raiſon, &
les hommes d'un gros bon ſens avoient gardé
le ſilence: il faut que le jour vienne après
l'aurore.

Laiſſez-là votre aurore, répondit-il; une
comparaiſon n'eſt pas une raiſon, je ſuis trop
entouré de ténèbres Je conviens que les objets principaux de vos ſciences ont été dé-

terminés par de grands Philofophes ; mais
d'autres Philofophes non moins grands ont admis une doctriue contraire : il y a eu autant
de Philofophes en faveur de Defcartes, & fes
amis, qu'en faveur de Newton.

Comment un Dieu infiniment fage feroit-
il venu fur ce tas de bouë pour créer l'homme
le plus malheureux & le plus foible de tous
les animaux, pour ne le pas conduire lui-
même par l'inftinct naturel qu'il donne, felon
vous, à toutes fes autres créatures, pour laiffer
le foin de fon efprit, & la conduite de fon
cœur aux Philofophes & aux Légiflateurs qui
ne paroîtront qu'après plnfieurs fiécles, dans
certains païs feulement, à l'exclufion des autres., qui fe contrediroient, qui fe diroient
des injures les uns aux autres, & qui feroient
verfer le fang avec leurs inftitutions militai-
res & civiles, par des foldats & par des bourreaux ?

Quoi! Dieu defcend fur la terre, il nous
donne un principe de vie, il nous doue de la
raifon, il nous infpire des goûts & des appétits pour nous enfeigner ce que la nature
demande, & il ne nous l'enfeigne pas? Il ne
nous apprend aucune de fes loix ; il ne nous

impofe aucun précepte. Tout fe fait, tout
s'établit, fe détruit, fe renouvelle avec le
temps, en Egypte par Ofiris, à Athènes
par les Dracons & les Solons, en Thrace
par Anacharfis, à Lacédémone par Lycur-
gue, à la Chine par Confucius, à Rome
par Numa, au milieu des peuples les plus
féroces, & de l'anarchie la plus effrénée.
Ce n'eft enfin que les armes à la main qu'on
foutient le pour & le contre de tant de fyf-
têmes contradictoires, & les conftitutions de
tant de Nations douces & policées, qui fe
maffacrent mutuellement pour de pures vé-
tilles, en fe faifant gloire de leurs victoires
barbares.

Dieu, en vous créant, felon votre façon de
penfer, a fait un animal humain, tranquille,
fimple, aimant le repos, le vin & la bonne
chère ; ce font - là les principes de votre
morale, & plus de la moitié de l'Europe, depuis près de trente fiécles, croit que le feul
moyen d'être dans la paix, & de l'avoir ftable
& folide, eft d'entreprendre la guerre en rompant la paix, pour fubjuguer tous ceux dont
on conçoit la moindre jaloufie ; on fe regarde
mutuellement d'un œil plein d'inquiétude, la

jaloufie ne dort jamais , & cet efprit de con-
quête , cette idée de fe procurer ainfi un repos
qui s'enfuit toujours , a fait périr plus de
monde que les tremblemens de terre , la
pefte , les maladies de toute efpéce , les Médecins & leur pharmacopée. Si les campagnes
ont été couvertes de cadavres pendant ces
guerres , les Villes ont été hériffées d'échafauds par vos diffenfions civiles pendant la
paix. Il femble que vos Princes & vos Légiflateurs , en affaffinant la fociété par leur
morale qui bleffe la nature , par leurs codes
qui la rendent efclave , & par des crimes factices qu'ils ont imaginés pour fe mettre à la
tête de la bande , ayent appris à leurs fuivans
à s'affaffiner les uns les autres fous le glaive ,
fur la potence , fur la roue , dans les flammes
& par les duels , qui font en même temps or-
donnés par les Loix de l'honneur , & défen-
dus par les Loix de l'Etat. Perfécutés & perfécuteurs , voleurs & bourreaux tour à tour ,
également imbécilles , également furieux , ils
pillent & ils font pillés , ils tuent & ils meurent par des inftitutions qu'on nomme civiles ,
dont les Princes , les Grands & les Philofophes fe moquent , en recueillant les dé-

pouilles des morts & l'argent comptant des vivans. Voilà la fociété.

Je vis que ce Patagon s'échauffoit ; je répondis à fa perfonne gigantefque humblement ce que les Parlemens & tous les Moraliftes répondent, que les inftitutions civiles font juftes, mais qu'il ne faut pas prendre l'abus pour la loi. Les Légiflateurs n'ordonnent des punitions que pour les vrais crimes deftructifs de la fociété, & ne prefcrivent pas aux mauvais Princes de faire des injuftes guerres, ni de livrer l'innocent à la mort fous le mafque de la juftice, ni aux mauvais Miniftres de vous piller, ni aux Avocats de vous voler, ni aux Médecins de vous empoifonner, ni à vous-même de vous faire couper la gorge, ou courir le rifque de la potence, pour fauver votre honneur.

Je vous avouerai, Monfieur, qu'il ne fut point content de cette réponfe. Ce feroit, me dit-il avec fa voix rauque & fonore, & fes joues creufes & ridées, infulter à ma raifon & à mon malheur, de vouloir me perfuader qu'un tigre, qui auroit dévoré tous mes parens, ne les auroit mangés que par abus, & non par la cruauté attachée à fa nature, &

confirmée par fes habitudes & par fa façon de vivre. Si la Société & la Légiflation civile & militaire, n'avoient fait périr qu'un petit nom-bre de Citoyens, vous pourriez imputer ce crime à des caufes étrangeres.

Mais que pendant quatre mille ans pour le moins, chaque année ait été marquée par des meurtres, fans compter les troubles affreux des familles , par vos procès civils & crimi-nels, les cachots, les dragonnades, les mal-verfations de toute efpece fous prétexte de juftice , les prétendus droits de guerre, & les rapines fous mille formes pires peut-être que le meurtre même ; que ces horreurs ayent toujours été commifes au nom de la juftice pour foutenir la fociété ; qu'il n'y ait d'exem-ple de ces abominations , que chez des Na-tions policées par les arts , & civilifées par les Loix ; alors, quelle autre que la fociété elle-même avec fa légiflation pouvons-nous en ac-cufer ? Si elle n'avoit pas exifté , ces horreurs n'auroient pas fouillé la terre. Les Ordon-nances civiles ont amené les difputes ; les dif-putes ont produit les factions ; ces factions ont fait naître les crimes ; & vous ofez dire, que la raifon eft la mere d'une barbare engraiſſée de nos biens & teinte de notre ſang ? tandis qu'elle nous a donné à nous autres Patagons une regle de vie, auſſi douce que vraie, auſſi indulgente que claire, auſſi bienfaiſante que démontrée.

Vous ne ſçauriez croire quel enthouſiaſme d'humanité & de zele échauffoit les diſcours de ce bon Patagon. Il m'attendrit malgré ſon air féroce & ſauvage, mais il ne m'ébranla point. Je lui dis que nos paſſions, dont nous avons reçu le germe des mains de la nature, & que nous pouvons régler, ont fait autant de mal ſans doute parmi les Patagons ſes freres, qu'il en reprochoit aux ſociétés policées de l'Europe. Ah ! dit il, (ſes grands yeux mouillés de groſſes larmes,) nos paſſions peuvent être quelquefois baſſes & honteuſes ; mais vous prétendez que votre raiſon en Europe eſt ſublime : & quand elle s'éléve par la morale, qu'elle tient quelque choſe de cet être imaginaire, la Divinité créatrice, que vous érigez ſottement en prototype, étoit-ce à elle d'être plus inſenſée & plus barbare que nos paſſions les plus funeſtes ?

Je fus ému de ces paroles par crainte, car il étoit en colere, & par compaſſion en tournant mes yeux vers ma chere Patrie ; car fon éloquence toute enflammée avoit pénétré mon ame : Hélas ! dis-je , nous avons tout fait fervir à notre perte , jufqu'à la raifon même ; mais ce n'eft pas fa faute ; elle n'infpire que la douceur & la patience, elle n'enfeigne qu'à faire du bien à tout le monde, & non à faire du mal.

Non , reprit-il , ce n'eft pas la faute de la raifon, c'eft celle du raifonnement; c'eft ce raifonnement, pere de la fociété & de la lé-giflation , qui divife en effet la femme & l'époux , le fils & le pere , qui apporte le glaive & non la paix , parce qu'à force de raifonne-mens que chacun enfante , chacun veut avoir raifon : voilà la fource malheureufe de tant de maux. Et même vos Socrates , vos Epictetes , vos Empereurs Antonins, quoiqu'il n'ont traité que la partie la plus claire & la plus fimple de la morale, auroient foulevé les hommes les uns contre les autres , s'ils avoient pû faire un parti ; mais ils étoient parmi ceux que vous appellez Payens, prefque feuls de leur avis , & un fimple Ariftophane fuffifoit pour faire fiffler le Philofophe, fous prétexte fans doute que *le ridicule étoit la pierre de touche de la*

vérité * Socrate n'a réuſſi qu'à s'attirer la
coupe empoiſonnée, qu'Epictete a évitée par
ſon obſcurité d'eſclave, & Antonin par ſon
éclat d'Empereur. S'il avoit pû faire un parti
parmi les Athéniens, au lieu d'empoiſonner le
Philoſophe, cette même fureur ſoulevée en
partie par un bouffon & dirigée à ſon gré, auroit tournée ſur elle même, & ils ſe feroient
entr'égorgés pour décider le pour & le contre
de ſa morale, & le pour & le contre du dogme
de la pluralité des Dieux. Les Patagons, les
Iroquois & les Hotentots, en ſuivant ſans dé-
tour la phyſique du tempérament, ſe ſont
abandonnés chacun à la pure nature, contre
laquelle nul mortel ne s'eſt jamais élevé. Mais
ſi nos ancêtres, non contens de dire aux hommes : *Suivez la nature, obéiſſez à ſes Loix,*
avoient ajouté : *Faites-vous des Rois, fléchiſ-*
ſez devant eux le genou, croyez que vos Prin-
ces, vos Philoſophes, vos Légiſlateurs ne ſont
pas comme les autres hommes, croyez qu'ils
ſont l'image vivante de la Divinité, les favo-
ris du Ciel, qui leur a donné une ſupériorité

---

* Voyez les Eſſais de Mylord Shaftsbury.

marquée, respectez vos Héros, croyez que le grand Hercule descend du Ciel, qu'Ajax procede de Telamon, & que Telamon procede de Jupiter, qui est le Dieu suprême; que le noble Achille est le fils de Thétis, & Thétis la fille de Neptune; que Numa étoit inspiré par la Nymphe Egérie, & que le céleste Osiris & sa femme Isis, étoient de grandes Divinités; ou votre impiété sera punie sur un échafaud, & votre corps sera jetté à la voirie; si, dis-je, ces hommes sages avoient exigé de leurs dupes une telle croyance, une telle soumission, pour les assembler ensuite en autant de sociétés, dont la seule séparation légale suffit pour les entrechoquer, ils auroient mis les armes à la main de nos Sauvages, ils auroient perdu leur postérité, dont ils ont été les bienfaiteurs.

Par tout ce que me disoit ce Patagon respectable, je vis, malgré son air féroce & sa grosse massue, que son ame est belle, qu'il déteste la guerre & la profession militaire, qu'il aime les hommes à sa façon; c'est-à-dire, qu'à l'imitation du peuple nouveau des *Cacouacs*, il fait son propre bien toujours par préférence, *mais avec le moindre mal possible à son prochain* ; qu'il ne vous mangera pas par conséquent sans nécessité ; qu'il ne vous pillera point, quand il n'a nul besoin de vos effets ; qu'il ne vous assassinera pas, quand il peut vous piller impunément ; qu'il adore la nature, & que sa seule erreur est de ne pas croire en Dieu, de rejetter ce que maints Philosophes appellent à la Chine & en Europe *la folie de la création*, & de ne pas dire avec maints autres Philosophes, *je la crois, quoiqu'elle me semble inintelligible, je la crois malgré que l'incompréhensibilité de tirer quelque chose de rien paroit démontrer son impossibilité*. Je plaignois son obstination, & je respectois sa grosse massuë.

Il est aisé de ramener au joug un ame criminelle & tremblante, qui ne raisonne point : mais il est bien difficile de subjuguer un homme libre, un Patagon d'une taille gigantesque, qui a des lumieres. J'essayai de le dompter par ses propres principes. Vous êtes juste à votre façon *Patagonique*, vous êtes bienfaisant même, lui dis-je, quand la nature ne vous porte pas à nous manger : Un pauvre Européen, qui vient faire naufrage sur vos côtes, trouvera surement avec vous de l'hofpitalité : Vous conciliez les querelles de vos voifins ; l'innocence opprimée aura fans doute en vous un fûr appui, puifque vous venez de déclamer contre les oppreffions des fociétés en Europe. Que n'exercez-vous le bien que vous faites, autant que la nature vous fuggère, au nom de la Divinité, qui l'a infpiré ? C'eft le moyen d'augmenter vos lumieres, & de perfectionner votre morale. Voici, Monfieur, ce qu'il me répondit. Je m'unis à vos façons de penfer, quand vous me dites, *aimez votre Prochain*, pourvû qu'on ne porte pas ce précepte trop loin : car alors vous me dites ce que j'ai dans mon cœur ; vos Légiflateurs m'ont prévenu. Je ne mange jamais perfonne, finon quand j'ai grand appétit, & quand je ne trouve aucune autre nourriture ; ce que votre morale même vous permet. Mais je ne faurois fouffrir que vos Philofophes attribuent à un être imaginaire incomprhéhenfible, un principe qui dérive de la feule nature, & qui eft connu de tous les Anthropophages du monde. Je m'indigne, qu'on donne à vos Légiflateurs l'honneur d'un précepte, qui fera peut-être nouveau pour vous autres animaux fociales, quant à la pratique , mais qu'on renouvelle de tems en tems avec raifon , comme une loi éteinte par les ufages contraires.

La nature avoit promulgué ce précepte mille millions d'ans avant l'exiftence de tous vos prétendus guides , d'une maniére bien plus énergique , en parlant à nos cœurs , quoique moins fpirituelle , fi vous voulez ; & c'étoit un principe commun à nos ancêtres , dont l'antiquité même a effacé totalement chez nous la mémoire. Nous confervons, nous autres Patagons , précieufement dans toute fa pureté ce que vous perdez de vûe à force de fots rafinements. Cette faute groffière & impardonnable , d'attribuer un principe fi univerfel à l'efprit particulier de certains hommes , comme inventeurs , fait foupçonner à nous autres Patagons , que vos Légiflateurs étoient d'un caractère faux , trompeurs par nature , & vous autres des pauvres dupes , qui vous laiffez mener fans confulter vos cœurs , & les infpirations de la nature.

Quoi qu'il en foit de leur caractère faux & trompeur , j'adopte la faine morale partout où je la trouve : elle porte l'empreinte de la nature , car elle eft uniforme dans tous les

tems

tems & tous les lieux. Qu'a-t-elle besoin d'être soutenue par le jargon des Ecoles de droit, & par une métaphysique incompréhensible ? En serai-je plus vertueux, quand je croirai que l'Etre suprême est un Etre infini, un Etre éternel, ne comprenant ni l'infinité, ni l'éternité, & qu'il ait créé dans le tems, après l'écoulement inépuisable d'une infinité d'années, d'un pur rien, non-seulement ce monde, mais une infinité de mondes? Ce galimathias philosophique est-il bien utile aux hommes ; Y a-t-il aujourd'hui un esprit sensé, qui puisse croire des absurdités pareilles, ou qui craigne d'être responsable après sa mort de n'avoir pas admis comme une premiere vérité, l'existence d'un tel être de raison ? Qu'ont de commun ces vaines subtilités avec nos appétits, & nos devoirs naturels?

N'est-il pas évident que la vraie vertu ; aussi-bien que toutes nos autres idées, viennent de dehors par la seule force de la nature ; que le *To Kalon* de la vertu, selon votre grand Philosophe le Comte de Shaftsbury, & le bien naturel, qui résulte de sa pratique, suffit pour nous entraîner sans autre récompense, & qu'au contraire la législation vient

des hommes, qui ont voulu dominer ? Vous
voulez être moralistes ; laissez agir la simple
nature sans prétendre la conduire , & rien de
plus. *Faites toujours votre propre bien avec le
moindre mal possible à votre prochain , & suivez hardiment votre goût sans penser à
l'avenir.*

Voilà , continua-t-il , le symbole de la raison , & de la nature. En instruisant la jeunesse
de cette façon , vous ne serez pas à la vérité
décorés de titres & d'ornemens fastueux ;
vous n'aurez pas un luxe méprisable , & un
pouvoir abhorré ; mais vous aurez la considération convenable à votre état , & vous serez regardés comme des êtres raisonnables ,
ce qui est le plus grand des avantages.

Je ne vous répete , Monsieur , qu'une très-
foible partie de tout ce que me dit ce bon
Patagon. Je n'ai pas voulu lui dire , que les
propos qu'il me tenoit , si malheureusement
pour l'Europe il en faisoit le voyage , con-
tribueront plus que tous les Théologiens , les
Philosophes , & les Légissateurs ensemble , à
multiplier dans la suite les disputes , les divi-
sions , les tumultes populaires , le soulève-
ment des sujets contre leurs Souverains , les

crimes, les meurtres, & les maſſacres. Je n'ai
pas oſé lui reprocher, qu'il reſſembloit très-
fort à ces Officiers ſubalternes des Cours de
Juſtice, qui, ſous prétexte d'appaiſer le peuple,
augmentent la confuſion : Car la plus grande
douceur ſe change très-ſouvent en colère, &
un avertiſſement amical devient une injure,
quand les deux partis ne ſont pas égaux en
force. Je vous conjure néanmoins de l'éclairer
par vos écrits, qui ne vous coutent rien ; il
mérite de l'être ; il eſt vertueux à ſa façon,
quoiqu'il ne croye pas à un Pere commun de
tous les hommes, un Pere qui ne peut être,
comme il prétend, infiniment ſage, & infiniment tendre, puiſque, ſelon nous, il préfére le
cadet à l'ainé, l'Européen à l'Aſiatique, l'A-
ſiatique à l'Africain, l'Africain aux Patagons ;
un Pere qui prive du ſoleil de la ſcience le
plus grand nombre de ſes enfans, pour aveugler le plus petit à force de lumiéres ; un
Pere qui châtie ſans cauſe les Négres, & les
Sauvages, par mille peines & mille privations,
& nous récompenſe ſans mérite par mille dons
gratuits. Ce bon Patagon met dans le gouvernement de ſa famille toutes ces maximes
en pratique ; il ſemble les avoir toutes tirées

de la pure nature : Vous lui donnerez tout ce
qui lui manque en le rendant Philosophe comme vous-même.

Il faut qu'il croye que Dieu existe partout,
tout en tout, & tout en chaque partie ; qu'il
a tiré l'Univers du néant, qu'il a toujours existé de toute éternité , qu'il a déja existé par
conséquent une infinité d'années , & que
cette infinité d'années s'est écoulée ; que la
matière est par essence toujours étendue, pour
la distinguer de cet être spirituel , qui doit
subsister après la mort ; & qu'elle n'est ni di-
visible , ni indivisible à l'infini ; de façon que
ces deux propositions contradictoires peuvent
être au gre de chacun , & vraies & fausses en
même tems , puisque le pour & le contre se
trouve également démontré par les Philosophes ; que le soleil attire les planettes à des
distances immenses dans le vuide par une
qualité occulte, qu'on ne comprendra jamais ,
soit qu'elle soit comme certains philosophes
prétendent , une proprieté de la matiere ,
soit qu'elle soit , selon d'autres , une loi
libre du suprême Législateur , &c. &c. &c.

Je sais , Monsieur, que cette énumération
de *mystères* , qu'on doit croire pour être bon

Philôfophe , peut effaroucher quelques ames.
foibles , & paroître ridicule aux Patagons ;.
mais je n'ai point craint de les rapporter,parce
que ce font eux qui exercent le plus notre
raifon , quoiqu'ils foient bien au-deffus de la.
force de l'entendement humain. Dès qu'on
croit un myftère moins révoltant , on doit
croire tous les autres , que les Philofophes
établiffent , quand c'eft la même raifon qui
nous les démontre.

Ayez la bonté de m'apprendre , fi je ne vais
pas trop loin. Il y a des gens qui diftinguent
les principes dont on eft d'accord , ceux qu'on
nie, & ceux dont on eft en doute. Pour moi je
les admets tous , ainfi que vous-même. Je
crois fur-tout avec vous la Philofophie de
Newton , fur laquelle vous avez écrit avec
tant de clarté fans l'entendre , les myftères;
du calcul infinitéfimal , qui paffent toute imagination , & je les crois non-feulement parce
qu'ils font contraires à ma raifon , ce qui.
n'empêche nullement leur démonftration ,
qui eft dans toutes les règles ; mais parce que
je ne peux m'en former aucun idée ; & j'ofe
dire , que j'admettrois le myftère de la divifi-
bilité infinie de la matière , ou celui des

monades fans étendue , n'importe lequel des
deux en fait de myftères , fi les Philofophes ,
& par deffus tous les autres le célébre Leib-
nitz , m'avoient fait comprendre en quoi con-
fiftoit fon effence.

J'ai l'honneur d'être.

POST-SCRIPTUM

En Réponse

A la cinquiéme Lettre du Propofant.

Quand on écrit poliment contre la Religion , on y répond de même. L'homme eft
inféparable de celle qu'il profeffe , & qui
la touche offenfe fon être moral : *Le fçavoir-
vivre* s'étend au-delà de la perfonne à tout
ce qui lui eft cher , & l'intéreffe particuliére-
ment. Se trouve-t-il bleffé ou non , par les
reproches les plus fanglants , & les farcafmes
les plus amers , étayés tres-fouvent par des
fauffetés , qu'on lance contre le Chriftianifme ? voilà la queftion. Dans un écrit , où il
s'agit directement de fçavoir fi le Propofant , qui l'attaque , ou le Répondant , qui le

profeſſe , doit paſſer pour un objet de dériſion , on ne badine pas. *On fait fon propre bien avec le moindre mal poffible à fon adverſaire*, & on repouſſe la force par la force. Le genre de l'attaque décide de celui de la défenſe. C'eſt l'unique réponſe qu'on croit devoir faire à *la cinquiéme Lettre du Propoſant*,&c. Quant aux autres articles , ils peuvent paſſer avec mille autres erreurs du Propoſant ſans notice de ma part. Sa maniére d'attaquer à la ſauvage , & de ſanter de queſtion à queſtion , ne mérite pas qu'on s'arrête un inſtant. Ce n'eſt pas l'exercice à la Pruſſienne , comme il ſe vante dans cette même quatriéme Lettre , pour cacher ſon mauvais jeu ; c'eſt le combat *des buiſſons* à la façon des Iroquois , qui ne montre ni bravoure ni généroſité. Le Propoſant lui-même nous blâme , avec raiſon peut-être , pour avoir répondu férieuſement à une mauvaiſe plaiſanterie , qui regardoit l'hiſtoire de Jonas. Eh bien ! ne ſçachant pas exactement quand il plaiſante , & quand il eſt férieux , paſſons notre chemin , & finiſſons la diſpute en quatre mots , *riſu inepto nihil ineptius.*

RÉPONSE

En peu de mots aux dix-sept derniéres Lettres, du Proposant.

ON dit communément, que ceux qui défendent *la Religion contre les Incredules*, n'écrivent pas si bien que leurs adverfaires. Mais leurs livres font toujours bons, si leurs raifons font bonnes, & même à s'en tenir bien meilleurs que ceux de ces ennemis de la vertu ; car je n'appelle point bien écrire de dire des fottifes en beau langage, & je ne lirai jamais un livre pour les phrafes. . . . On peut avec un ftyle affez fec faire un fort bon livre *pour défendre la Religion*, & on ne fera peut-être rien qui vaille, si on s'avife de mettre fes raifons à la fauce douce.... Il ne s'agit point de ménager les gens, qui ne ménagent point le fens commun : ils tirent avantage de ces fortes de ménagemens, & font croire aux fots qu'ils font de grands perfonnages par les égards qu'on a pour eux.... Ne

se moqueroit-on pas d'un *Militaire, plein
d'honneur* qui voudroit se battre en escrime
reglee avec un *joueur de marionnettes ?*

Qu'on applique ces pensées, dont l'esprit
est tiré du grand Rousseau, avec les deux
Epigrammes qui les suivent comme un caustique très-convenable aux gentilles Lettres &
aux autres Ecrits impies du Proposant, & je
crois que le public me dispensera de toute
autre réponse. D'ailleurs, il ne convient pas
de jouer avec un étourdi aux propos interrompus en prenant tout ce qu'il dit en détail, ni
tomber dans le cas de l'épigramme de trois
Sourds, dont l'un parle d'un fromage, le
second de labourage, & le troisiéme du mariage.

EPIGRAMME,

Imitée de J. B. Rousseau.

Un vain Bouffon, énervé de vieillesse,
Et dont l'esprit baisse de jour en jour,
De m'attaquer a la sotte foiblesse
En polisson, & trompeur tour à tour.
De ce pourtant ne me chaut, & l'excuse ;
Car demandant à gens de grand renom,

S'il peut mon los m'ôter par telle rufe ;
Ils m'ont tous dit aſſurément que non.

AUTRE EPIGRAMME,

en Réponſe au Propoſant ;

Imitée de J. B. Rouſſeau.

Leger de queuë, & de rufes chargé
Maitre Renard ſe propoſoit pour règle ;
Leger d'étude, & d'orgueil engorgé
Maître Phébus ſe croit un petit aigle.
Oyez-le bien , vous toucherez au doigt
Que l'Ecriture eſt un conte plus froid
Que cendrillon , peau d'âne ou barbe-bleue.
Maitre Phébus peut-être on te croiroit ,
Si pour garant tu nous montres ta queue.

AUTRE EXTRAIT

Tiré de J. B. Rousseau, adressé au docte Proposant.

» A L'égard du fragment de la lettre de
» M. Arouet, * j'en trouve les vers joliment
» tournés ; mais à vous dire le vrai, tout ce
» que j'ai vû de ce jeune homme depuis ses
» dissertations sur le, trois Œdipes , me fait
» craindre qu'il ne prenne trop aisément des
» impressions de ceux avec qui il passe sa vie,
» & que l'esprit des autres ne passe trop faci-
» lement dans le sien , qui est beaucoup meil-
» leur. Je reconnois celui du défunt dans la
» façon cavaliere dont il traite trois de nos
» plus augustes Sacremens, & je m'étonne
» qu'il n'ait pas reconnu dans le commerce
» de celui dont il fait une si belle Oraison fu-
» nébre , *combien fastidieuse chose c'est qu'un*
» *vieux badin , qui confond tous les sujets*
» *dans le même badinage.* (Lettres de Rous-
feau à Brossette , Tom. II. Edit. de Gen. p.
132. 133.)

---

* M. Voltaire étoit connu dans sa jeunesse sous
l'appellation d'Arouet ; c'est son vrai nom de famille

NOTE GENERALE

sur cette nouvelle Edition.

M. Néedham ne s'est jamais proposé de répondre directement en Théologien à M. de Voltaire. Il falloit un volume, comme il le remarque, dans sa premiere réponse, de quelques centaines de pages pour répondre à toutes les objections surannées, qu'il entasse, & aux faussetés qu'il multiplie contre le Christianisme. Ce travail, qu'il abandonne aux Théologiens, ne convenoit pas à un voyageur, qui ne se trouve à Genève qu'en passant. M. Néedham fait voir en général, comme Philosophe, l'absurdité de sa façon de raisonner dans les écrits précédens contre la Religion. 1 y entre des faussetés notoires, & ce n'est toujours qu'avec une défiance extrême que l'on doit lire l'exposé qu'il fait des Dogmes de la Religion. Il leur substitue souvent ses chimères, ou ses méprises ; comme on peut le voir, par-exemple, dans la troisiéme lettre du Proposant, où M. de Voltaire fait entendre, que *les Conciles ont enseigné*

(93)

des Dogmes , qu'ils n'avoient appris ni par les moyens des Saintes Ecritures , ni par le secours de la Tradition. Telle est encore une autre fausseté, qu'on voit dans la même Lettre, où il insinue que *Jésus-Christ a présenté comme nouveau dans un sens absolu le précepte d'aimer son prochain.* &c , &c. L'Eglise n'a jamais prétendu rien faire en matiere de Foi , que de développer d'une maniere plus explicite la Doctrine de son Fondateur prêchée par les Apôtres en s'appuyant toujours fur les Saintes Ecritures & la Tradition ; & quant au précepte d'aimer son prochain , Jésus-Christ n'a fait que retracer de nouveau, ce que les Traditions humaines avoient presque effacé de l'esprit des Juifs charnels de son tems. Il n'a fait que perfectionner la loi par un commandement nouveau de régler notre amour fur celui qu'il a porté aux hommes en s'humiliant & en souffrant pour eux. *Je vous laisse un commandement nouveau de vous aimer les uns les autres comme je vous ai aimés.* Ev. de S. Jean, chap. 1 3. v. 34.

Je dois avertir que dans la parodie que j'oppose à cette troisiéme Lettre du Proposant, j'ai quelquefois imité l'adresse misérable ,

dont ufe M. de Voltaire en altérant les Dogmes qu'il attaque. Le Patagon , que je mets
fur la fcène, charge le tableau des difficultés ,
il l'outre même en quelques endroits par des
imputations fauffes. Mon deffein eft de mieux
faire fentir par-là l'illufion que peut produire
l'art fi familier à M. de Voltaire de femer
dans la difpute des fauffetés utiles à fes vuës.
On voudra bien fe rappeller en lifant cette
Parodie l'unique but que je m'y propofe ; un
Lecteur attentif s'appercevra aifément du
faux des objections , & qu'elles ne font
qu'un expofé ironique des conféquences per-
nicieufes , qu'entraîne la méthode de M. de
Voltaire dans l'attaque qu'il livre au Chriftianifme. Comme on doit préfumer qu'aucun
de mes Lecteurs n'aura ni la foibleffe ni la
folie inconcevable de fe donner pour Dif-
ciple de mon Patagon , en conféquence
des paralogifmes *à la Voltaire* , que je lui
préfente contre l'exiftence de Dieu & les loix
de la Société : tout homme fenfé fera forcé
dorénavant de regarder l'Auteur de l'original contre le Chriftianifme, dont les tours &
les détours font fi parfaitement rendus mot
pour mot dans la copie, comme un miférable

Sophiſte digne du mépris de tous les ſiécles.

C'eſt de quoi je ſuis bien-aiſe de prévenir mon Lecteur, en même tems que par cette nouvelle édition de mes Ecrits d'après celle de Genève dans l'année 1765, je mets le Public au fait des cauſes qui m'ont attiré une ſuite d'injures dans pluſieurs Piéces volantes que M. de Voltaire ne ceſſe de donner depuis cette époque.

REMARQUES

SUR LA SEIZIEME LETTRE

DU PROPOSANT.

Premiere.

L'Objection captieuse , que le Proposant avance contre la véritable antiquité du Pentateuque , qu'il traite d'ouvrage fort postérieur à Moïse , est tirée d'une phrase incidente , qui se trouve insérée, selon quelques Interprêtes, dans le texte par l'inattention des Copistes. *On y parle des Rois qui ont régné en Edom avant que les enfans d'Israël eussent des Rois* ; & il fait en conséquence, à sa façon ordinaire, d'une très-petite mouche un très-grand éléphant. On lui a déja dit, qu'il y avoit de la puérilité d'éplucher ainsi la Bible , & de chicaner sur des mots & des syllabes , qui ne touchent pas à l'essence des Livres sacrés ; on lui a repété de plus , que tou-

tes

tes ſes objeƈtions étoient ſurannées & terraſ-
ſées cent & cent fois ; cependant il ne ſe cor-
rige pas ; & loin d'avouër qu'il ait tiré cette
objeƈtion de Spinoſa , mort il y a près de cent
ans , il diſſimule , ou plutôt il écarte exprès la
réponſe , que ſans doute il n'ignoroit point.
C'eſt effeƈtivement aſſez divertiſſant de voir
comment le Propoſant amuſe ſes Leƈteurs ;
mais après avoir bien remarqué ſa manière
de déployer toute ſa petite logique à eſcar-
moucher en vrai Don Quichotte avec des êtres
imaginaires , croira-t-on qu'il s'agit ici uniquement d'un verſet poſtiche ; provenant
d'une note marginale , ſelon quelques Interprêtes , qui s'eſt gliſſé dans le texte par l'inattention des Copiſtes , ou plutôt , ſelon d'autres , d'une pure vétille grammaticale qui
s'entend parfaitement avec un peu de réflexion ? En effet , le texte Hébreu , Grec & La-
tin , ne dit pas *avant qu'il y eût des Rois en
Iſraël,* mais *avant qu'il y eût un Roi (Melek)
ou un Chef.* C'eſt le Propoſant lui-même ,
qui par un tour d'adreſſe change le ſingulier
en pluriel exprès , pour faire naître une abſur-
dité dans les Ecrits ſacrés , & pour écarter le

G

véritable fens ; le voici en peu de mots. Le mot *Melek* s'applique dans l'Ecriture fainte, en plufieurs endroits, à tout Roi, Duc, ou Chef de nation quelconque, fans qu'il y refte le moindre doute fur cette fignification ainfi étendue. Donc en faifant l'énumération des Rois, ou plutôt des Ducs d'Edom pendant la captivité d'Egypte, Moïfe veut dire, que ces Princes ont régné en Edom, avant que les enfans d'Ifrael fuffent formés *fous un Chef* en corps de nation ; & le nombre de ces Ducs, dont il eft fait mention, qui ne peut pas remplir l'efpace depuis Moïfe à Saül, quadre très-bien avec la chronologie depuis Jacob, frere d'Efaü, pere des Edomites, jufqu'au tems de Moïfe auteur du Pentateuque. Ai-je raifon, ou non, de dire, que les Incrédules n'ont rien de folide à objecter contre les Ecritures Saintes, quand ils font dans la néceffité d'avoir recours à des minuties pareilles ? ou aurai-je tort à foutenir, qu'il n'en coure pas tant qu'on s'imagine pour *fe qualifier* à répondre victorieufement à toutes leurs difficultés fophiftiques ?

Seconde.

Texte du Propofant, tiré de la feiziéme Lettre, ayant rapport aux Sauvages de l'Amérique.

» Nous conclumes derniérement la paix
» avec la Nation des Savanois. Une des.condi-
» tions étoit, qu'ils nous rendroient de jeunes
» garçons Anglois, & de jeunes filles, qu'ils
» avoient pris, il y a quelques années : ces
» enfans ne vouloient pas revenir auprès de
» nous ; ils ne pouvoient fe détacher de
» leurs Chefs Savanois : enfin le Chef des
» tribus nous ramena hier ces Captifs, tous
» parés de belles. plumes, & nous tint ce
» difcours.

» Voici vos fils & vos filles que nous vous
» ramenons ; nous en avions fait les nôtres;
» nous les adoptâmes dès que nous en fûmes
» les maîtres; nous vous rendons votre chair
» & votre fang : traitez - les avec la même
» tendreffe que nous les avons traités; ayez
» pour eux de l'induigence, quand vous ver-
» rez qu'ils ont oublié parmi nous vos mœurs

» & vos ufages. Puiffe le grand Génie du
» monde nous accorder la confolation de
» les embraffer, quand nous viendrons fûr
» vos terres jouir de la paix, qui nous rend
» tous freres, &c. « (Extrait d'une Ga-
zette Angloife , relative aux Sauvages d'A-
mérique.)

Cette Lettre , ajoute le Propofant, nous
attendrit tous. M. Néedham s'étonne que
tant d'humanité pût animer les cœurs des Sauvages , &c. ——— *Ecce iterum Crifpinus.*

Remarque.

Ce grand homme qui dirige la plume fa-
vante du Propofant, & on peut ajouter celui *
qui protége l'innocence opprimée contre huit
Juges *bons Catholiques* , ** avec le fecours

---

* On attribue communément les Lettres du
Propofant à un Perfonnage très-célébre dans la
République des Lettres. Comment le croire , tant
elles font difparates auprès de fes plus beaux ouvrages ?

** Voyez la feiziéme Lettre du Propofant.

& l'approbation de tous les *mauvais Catholi-*
ques de la terre, dont j'ai l'honneur d'être,
reparoît de nouveau sur l'horifon de Genève, pour venger la caufe des Sauvages, qu'on
méprife fans raifon, & pour détromper les
pauvres Chrétiens, qui duement & loyalement
eftimés, n'ont vis-à-vis de ces gens amira-
bles, ni foi, ni loi, ni morale. Il adreffe en
conféquence de la lettre précédente qui leur
fait tant d'honneur, une Epître circulaire de
huit pages, contenant l'éloge des Savanois,
préconifant leurs vertus, *in gradu heroïco*, les
propofant, fans doute, comme des *exemples
d'humanité* à fuivre, fi jamais les Marcs Au-
reles reviennent fur la terre pour autorifer de
rechef, comme autrefois, la perfécution des
Chrétiens, & les canonifant à toujours, comme les bien-aimés de fon Dieu parmi fes con-
freres les Déiftes.

» *Ils adorent ce Dieu*, dit-il, *avec amour,*
» *i's chériffent les hommes, ils font bienfai-*
» *fans, &c.*

Quelle abfurdité ! quelle horreur, de con-
damner ces excellens fujets, *qui font l'on-
neur de l'humanité,* aux flammes éternelles.

parce qu'ils ne croyent pas en un *Sauveur*, dont ils n'ont jamais entendu parler !

Un monstre donne naissance à un autre ; d'une absurdité suit tout ce qu'on veut ; & notre Proposant, en lui passant son antécédent, paroîtra sans doute avoir raison ; parce qu'une sottise bien appliquée , si on la passe, en engendre mille autres, comme on voit évidemment dans la célébre Ode à Uranie , qui est bâtie sur le même faux principe, dans toute la suite des Lettres du Proposant , & notamment dans la seiziéme , que nous discutons présentement.

Mais malheureusement pour son honneur, il y a ici une petite erreur , qu'on ne lui passera pas certainement , dans la supposition que notre Auteur fait , pour se mettre tant soit peu à son aise vis-à-vis de son adversaire. La Religion ne nous dit point qu'on sera condamné dans le cas d'ignorance invincible , pour n'avoir pas cru en Jesus-Christ, & Saint Paul aussi , aussi-bien que l'Evangile, affirme expressément que *chacun sera jugé dans la vie future par la Loi qu'il connoît , selon le poids & la mesure de ses talens , & non par la Loi qu'il ne connoît pas*. De plus , autre chofe eſt de jouir de la béatitude fuprême, que Dieu a jadis offerte à nos premiers patens , & qu'il donne aujourd'hui à plufieurs , fous telle condition qu'il lui plaît ; autre chofe d'être condamné aux tourmens éternels, qui ne font attachés (fi on fe tient uniquement à ce que la foi exige de croire) qu'aux péchés perfonnels. Ce font là les deux extrémes de l'état futur , entre lefquels la raifon trouve des fituations moyennes, qui , fans être un état de béatitude conftante & parfaite , peuvent renfermer différents degrés de bonheur inférieur pour les enfans qui meurent fans baptême, pour les imbécilles non baptifés , & pour les Sauvagees qui obferveroient la Loi de la Nature , fans jamais la contrevenir grièvement. Tel Sauvage vertueux à toute épreuve, abandonné ainfi à fon ignorance fans reffource, exifte-t-il, ou n'exifte-t-il pas ? C'eſt l'affaire de ceux qui font intéreſſés dans cette recherche à le vérifier : c'eſt une hypothèfe que je fais gratuitement, fur-tout fi on fuppofe que Dieu le laiffe dans cet état de ténébres , fans l'éclairer , ou par des moyens naturels,

fous la conduite d'une Providence fpéciale qui
préfide à toutes nos actions, ou par des moyens
furnaturels. Voilà ce que répondra un homme
au fait de fa Religion, & voilà ce qui con-
tentera certainement tout efprit droit & équi-
table. N'importe, dira-t-on peut être, &
fur-tout quelque admirateur zélé du Propofant ; celui qui prime parmi les beaux efprits
doit avoir raifon, même quand il fort de fa
fphère pour nous endoctriner, malgré la raifon même ; & tout le monde eft fait pour fe
profterner à fes pieds, ou condamné à paffer
auprès de la multitude pour un échappé des
Petites-Maifons. (Voyez la feiziéme Lettre).
La preuve de cette conféquence eft claire &
fans réplique ; car qu'on nous demande d'où
vient que les Apotres & tant d'autres Saints,
jadis révérés par toute la tere, nous paroiffent maintenant fi fots, traveftis dans certains
écrits modernes ? C'eft qu'en prêtant à ces efprits fublimes notre maniere de penfer, nos
déréglemens, nos crimes, nous les faifons
tous des êtres à notre façon, comme les Romains traitoient autrefois leurs Divinités factices : c'eft enfin, que les grands Auteurs fe

peignent eux-mêmes très-souvent dans leurs ouvrages , en cherchant à peindre les autres ; le tout prend un biais felon leur volonté bonne ou mauvaife , *& s'ils font ce qu'ils veulent avec le bois verd , que ne feront-ils pas avec le bois fec ?*

Pauvre *Anguillard !* * quoique tu ne fois point , pour le malheur de ton adverfaire , qui cherche à fe retrancher derriere les pré-

---

* *Anguillard ,* fobriquet très-plaifant, inventé par le Propofant pour exprimer un Obfervateur mi-crofcopique des Polypes , Anguilles, & autres ani-malcules aquatiques. Mais eft-elle auffi également une bonne plaifanterie, ou une bévue, quand, pour turlupiner un *Gregoire Thaumaturge* , au lieu de dire , que fon bâton planté dans la terre s'étoit changê en arbriffeau, on avance que , felon la lé-gende , le Saint lui-même s'eft métamorphofé en arbre ? (Voyez la quinziéme Lettre). Si M. de V... en citant la légende fait allufion à une autre anecdote de la vie de ce Saint où l'Auteur raconte que les perfécuteurs le cherchant fur une montagne où il s'étoit réfugié avec un feul compagnon , fe font trompés en les prenant pour deux arbres ; on peut lui répondre que cela ne fuppofe aucune métamorphofe ; mais que ceux qui les cherchoient alors, comme celui qui leur cherche difpute aujourd'húi, avoient la berlue.

jugés popolaires, ni *Athée*, * ni Irlandois, ni Jésuite, ni même *Eléve des Jésuites*, la réputation que tu procures en vain, dit-on, parmi les Athées, par tes découvertes mal-entendues, ne te sauvera jamais du grand ridicule dont ton adverfaire te couvre aux yeux de toutes les Ravaudeufes de Genève, en fubftituant dans fa Lettre fes paroles aux tiennes. C'étoit ainfi que les chênes de Dodone, & les trépieds d'Apollon, raifonnoient autrefois, quand tout étoit divinifé aux yeux de la populace, & les têtes de bois confacrées par la renommée, paffoient fans examen pour des oracles à qui toute la terre prêtoit foi & hommage. Mais quittons le Lac Léman, & revenons à nos Sauvages de l'Amérique.

---

* *Athée*, autre fobriquet qui n'eft pas tout-à-fait fi plaifant. Voyez la cinquiéme Lettre du Propofant, où il fe met fi fort en cclere, qu'il oublie le refpect qu'il doit à lui-même; cependant par les Loix de la fociété civile il n'eft jamais permis à un mafque de fe fâcher contre les railleurs. *O Jupiter ! tu te mets en colere, tu as donc tort !* Lucien.

On raconte que Platon autrefois, cherchant à bien définir l'homme, l'a présenté à ses Difciples fous le portrait *d'un animal bipede , fans plumes , & portant la tête en haut.* Diogène, qui s'étoit préparé d'avance pour s'oppofer efficacement aux idées chimériques du Philofophe à la mode, tira, dit-on, un coq plumé de deffous fon manteau, en criant : *Le voici , voyez , je vous prie , Meffieurs, & recevez felon fon mérite l'homme de Platon.*

E X T R A I T

D'une Description exacte des établissemens Européens en Amérique. En Anglois, 2 vol. in - 8°. à l'article des fêtes des Sauvages, & de leurs cérémonies après la Guerre.

» EN attendant, le sort de leurs prisonniers
» reste indécis, jusqu'a ce que leurs Vieillards
» s'assemblent & ordonnent la distribution.
» Il est de coutume d'offrir un esclave à cha-
» que famille qui perd un sujet par la guer-
» re, & on a soin de proportionner la répa-
» ration à la perte qu'on vient de faire. Ce-
» lui qui tient le captif l'accompagne jusqu'à
» la porte de la cabane où la famille demeu-
» re, à laquelle on le céde, & il donne avec
» lui une ceinture de *Wampum*, qui sert
» comme un témoignage en sa faveur de ce
» qu'on le tient quitte de l'obligation que la
» guerre impose de réparer la perte d'un Ci-
» toyen. Ils regardent attentivement l'Es-

(109)

» clave pendant quelque temps,& felon qu'ils
» le jugent propre ou impropre pour fervir
» dans leur famille, ou que déterminés par
» pur caprice, ils prennent fubitement à fon
» premier afpect du goût pour lui, ou qu'ils
» conçoivent au contraire du dégoût, ou
» qu'enfin portés par leur férocité naturelle,
» ou irrités par leur perte, ils décident de
» fon fort; il eft, ou reçu dans la famille,
» ou condamné à la mort. S'ils décident pour
» fa mort, ils rejettent la ceinture avec in-
» dignation; alors il ne dépend plus de per-
» fonne de le fauver. La Nation s'affemble
» fans délai, comme pour célébrer une fête
» folemnelle; un échaffaud eft dreffé, & le
» prifonnier eft attaché à un poteau : il com-
» mence lui-même tout de fuite fa chanfon
» de mort, & fe prépare pour la fcène de
» cruauté, qui doit fuivre, avec la plus grande
» intrépidité. De l'autre côté fes ennemis fe
» difpofent à mettre fon courage ftoïque à la
» derniere épreuve, par tous les tourmens
» que l'efprit de l'homme le plus ingénieu-
» fement méchant peut inventer : ils com-
» mencent par les extrémités de fon corps,
» & ils avancent par degrés vers le tronc :

» quelqu'un d'entre les Affiftans lui déracine
» les ongles un à un : un autre lui prend
» un doigt , & déchire la chair avec fes dents,
» un troifiéme enfonce dans fa pipe rougie
» exprès au feu ce même doigt tout meurtri
» & mâché , pour en tirer la fumée fucculente
» en guife de tabac ; enfin ils écrafent tous
» les autres doigts des pieds & des mains en-
» tre deux pierres ; ils font enfuite des fec-
» tions circulaires à l'entour des jointures ,
» & des plaies profondes dans les parties les
» plus charnues de fon corps, auxquelles on
» applique à l'inftant un fer rouge ; coupant
» fucceffivement les différentes parties , & les
» brûlant alternativement ; ils déchirent après
» la chair ainfi meurtrie, & rôtie morceau
» par morceau, la dépecent , la dévorent
» avec avidité , & dans un accès d'horreur &
» de rage ils fe barbouillent avec le fang de
» maniere qu'il dégoûte continuellement de
» leur vifage jufqu'à terre. Quand ils ont
» ainfi arraché la chair , ils tordent les nerfs
» autour d'une baguette de fer , les rompant
» & les déchirant , pendant que d'autres de
» la compagnie tirent les membres , foit bras ,
» foit jambes, de toutes leurs forces , & les

» allongent par tous les moyens poffibles, qui
» peuvent augmenter les tourmens du pa-
» tient. Cet exercice dure fréquemment cinq
» ou fix heures de fuite. Alors on délie le pri-
» fonnier, pour donner un peu de relâche à
» leur fureur, pour inventer de nouveaux
» tourmens, & pour réparer les forces du
» patient, qui très-fouvent épuifé par la vio-
» lence de la douleur, tombe dans une fi pro-
» fonde léthargie, qu'on eft obligé de lui ap-
» pliquer un fer rouge pour l'éveiller, & pour
» renouveller fes fouffrances.

  » Il eft derechef attaché au fatal poteau,
» & derechef ils recommencent avec joie
» leurs cruautés. On le perce par tout le
» corps avec des rofeaux brifés, & on y fait
» entrer des méches de bois, qui s'enflamment
» aifément, mais qui fe confument lente-
» ment. On lui arrache les dents une à une ;
» on lui tord les oreilles jufqu'à les déraci-
» ner ; on lui crève les yeux, & pour finir
» cette affreufe boucherie, après avoir con-
» fumé fa chair par des feux lents, après avoir
» tellement mutilé fon corps, que le tout n'eft
» qu'une feule plaie, après avoir défiguré fon

» vifage fi horriblement qu'il ne lui refte rien
» de la forme humaine , après avoir écorché
» fa tête pour verfer enfuite deffus des char-
» bons ardens , ou de l'eau toute bouillante,
» ils délient encore une fois leur prifonnier ;
» qui, femblable au malheureux Oedipe, aveu-
» gle & chancellant de foibleffe , quoiqu'a-
» nimé par la douleur, eft tout de fuite affailli
» comme une bête féroce, de coups de pierres
» & de bâtons , tantôt à terre , tantôt debout,
» & tombant par fois dans leurs feux pofés
» de diftance en diftance , il fe jette ainfi çà
» & là , jufqu'à ce que quelqu'un des Chefs
» touché de compaffion , ou par ennui, lui
» ôte la vie d'un coup de maffuë , ou de
» poignard. Le corps alors eft plongé dans
» une marmite qui bout , & la fête finit par
» un feftin antropophage.

» Mais ce qui nous étonne le plus , les fem-
» mes mêmes , oubliant leur douceur natu-
» relle , & métamorphofées en vraies furies,
» jouent leurs rôles barbares au parfait, &
» furpaffent les hommes dans ces fcènes
» d'horreurs. Les Vieillards, ceux qu'on ref-
» pecte comme les Princes , les Sages de la
» Nation ,

» Nation, & qui dirigent tous ſes conſeils ;
« aſſiſtent en vrais ſtoïques, avec une apathie
» plus que philoſophique, fument à leur aiſe
» autour de l'échafaud, converſent enſem-
» ble avec un ſang-froid admirable, & re-
» gardent ce qui ſe paſſe ſans la moindre
» émotion «. ———— Ce ſont là des vertus
nationales, puiſque la vertu, ſelon nos Maîtres modernes, eſt une choſe arbitraire, cul-
tivée par des peuples entiers, commes les
combats des Gladiateurs, jadis approuvés par
les Sénéques, les Epictétes, les Marcs Au-
reles, & les prétendus juſtes du monde Payen.
D'après ce tableau, regrette qui voudra la
vie animale, les forces phyſiques des Sauvages, & qu'on nous diſe, avec les Jean-
Jacques, que les ſciences acquiſes ne ſont que
des maladies de l'ame deſtructives de ſon vrai
bonheur !

Reparois maintenant, ô Diogène ! avec
ta lanterne, pour chaſſer ces funeſtes oiſeaux
de la nuit, faux emblêmes de la ſageſſe, qui
nous troublent, & pour éclairer nos folies ;
annonce à nos Philoſophes, & proclame
à toute la terre : Voilà les ſaints de notre doc-

te , humain & doux Propofant; de celui qui
cache le Soleil à midi , pour le faire paroître à minuit. ——— Voilà ceux qui doivent
jouir par préférence de notre eftime, en cra-
chant au vifage de tous les Chrétiens ! *Quelle
abfurdité! quelle horreur d'exclure des êtres
fi bienfaifans, qui adorent Dieu avec amour,
qui chériffent les hommes , de la béatitude fuprême , pour y fubftituer un Charles Borro-
mée , deffervant les malades , confolant les
peftiférés au rifque de fa vie , ou un foible
Evêque de Marfeille formé après la morale
de l'Evangile , dont le babillard Pope fait de
vains éloges.* ——— Imitons plutôt nos chers
Savanois. ——— Les voilà ! les voilà ! ———
Solvantur rifu tabulæ. Hor.

AVIS AU LECTEUR.

Si quelque admirateur zélé du Propofant eft difpofé à croire que je l'ai traité avec trop de dureté, qu'il fe fouvienne de la Loi, du Talion, qu'il fe perfuade que la Religion bleffée veut être vengée avec force, & fur-tout qu'il pardonne l'excès de fatyre à *un Anglois nouvellement échappé des Petites-Maifons*. (Voyez encore la feiziéme Lettre du Propofant). A tout efprit bien formé, qui connoit la Religion, que faut-il de plus pour le confolider dans fa croyance que de lire les Ouvrages abfurdes de nos Adverfaires ? Tant ils s'éloignent de leur but en nous attaquant avec une fureur brute, & aveugle ! C'eft un tribut de reconnoiffance, que je leur dois & que je leur paye avec plaifir. Plût à Dieu, que la partie foible du genre humain fût en état d'en profiter, & de ne puifer dans ces fources infectes, que l'horreur qu'elles doivent infpirer, à tous ceux qui refpectent quelques principes de la croyance ou des mœurs ! Loin de chercher à arrêter le cours, de tant d'Ecrits ſcandaleux & funeſtes , on pourroit en demander hautement au Gouvernement un tolérantiſme univerſel. Que le monde décide maintenant qui de M. de Voltaire, ou ſon Adverſaire, a plus beſoin d'Hellébore, & afin qu'on ne déplore plus la perte d'un ſi bel eſprit : *Naviget Antyciram.* Hor.

F I N.